막차의 신

SHUDEN NO KAMISAMA

Text copyright ⓒ 2017 by Taiju Agawa
Original Japanese edition published by Jitsugyo no Nihon Sha, Ltd.
Korean translation copyright ⓒ 2018 by SOSO BOOKS
Korean translation rights arranged with Jitsugyo no Nihon Sha, Ltd.
through The English Agency(Japan) Ltd. and Danny Hong Agency

막차의 신

終電の神様

아가와 다이주 소설

이영미 옮김

소소의책

| 차례 |

제1화

파우치

주기적으로 선로 이음매를 넘어가는 소리와 어우러지던 모터 소리가 끊겼다.

열차는 갑자기 속도를 낮추기 시작했고, 그 바람에 손잡이를 잡고 있던 팔이 팽팽히 당겨졌다.

치마 허리춤에서 블라우스 자락이 비어져 나오지는 않을까 걱정스러운 까닭은 내가 평소에는 치마를 안 입기 때문이다.

눈앞에 서 있던 남자가 한쪽 어깨를 실룩 움츠리더니 고개를 좌우로 흔들었다. 어깨 힘을 빼려고 무의식적으로 내뿜은 숨결이 남자의 목에 닿았을지도 모른다.

모두 다 얕은 숨을 쉬고 있다. 타인의 귓가에 큰 숨소리를 내지 말 것, 누가 내뿜었는지 모르는 술 냄새 풍기는 공기를 들이마시지 말 것, 코앞에 바짝 서 있는 이성의 냄새를 맡지 말 것. 그리고 조심성 없이 꾸물꾸물 움직이지 말 것.

모두가 완전히 똑같은 규칙을, 딱히 누구에게 강요받지도 않았는데, 스스로에게 부과한다.

만원 전철이 아닌 곳에서 타인과 이렇게 밀착한다면, 그 즉시 이상한 행위로 취급받는다. 그런 이상한 행위를 지금 이 차량에 탄 거의 모든 사람이 매일같이 아침저녁으로 반복한다.

하루에 두 번, 반드시 이상한 행위를 하며 살아가는 것이다.

우습다는 생각이 들어 혼자 피식 웃었다.

앗, 나는 지금 어떤 표정을 지으며 웃었을까? 제대로 잘 웃었나? 돌연 확인하고 싶은 충동에 유리창을 쳐다봤다. 몇 시간 전, 거울 앞에서 웃는 표정을 연습했을 때처럼, 유리창에 비치는 내 얼굴을 바라보며 입꼬리를 올려보았다. 썩 보기 좋은 표정이다.

그 웃는 표정을 바라보는 사람이 유리창 속에 한 명 더 있었다.

바로 뒤에 있는 키 큰 젊은 남자. 머리를 왁스로 바짝 치켜

세운, 어쩌면 눈썹을 밀어 정리한 것 같은 남자였다.

그 남자가 유리창 속에서 이쪽을 향해 웃었다.

자신만만하게 웃는 그 표정. 오싹 소름이 돋았다. 혹시 저 남자는 내가 자기에게 미소를 지었다고 오해했나? 말도 안 돼. 당신과는 운명적으로 불가능해.

허둥지둥 얼굴을 돌렸지만, 당황한 표정을 고스란히 들켜 버린 기분이 들었다.

시선이 얽히지 않도록 최대한 먼 곳을 바라보기로 했다. 좌석과 나 사이에 선 두 남자의 머리 틈새로 창밖 풍경이 훤히 내다보였다.

고가도로와 엇갈리는 도로 가의 선술집 간판. 맨션 창에는 불이 밝혀져 있었다. 커튼 틈새로 파르께한 텔레비전 불빛이 어른거렸다.

매일 이 장소를 지나면서도 그런 세세한 데까지 시선이 머문 적은 없었다. 역 주변도 아닌데, 오늘 전철은 아주 천천히 달린다.

그런 생각을 한 순간, 열차가 급정차했다.

차량 연결 부분에서 삐걱거리는 소리가 났다. 사람들 물결과 함께 나 역시 진행 방향으로 쏠리듯 밀렸다. 하마터면 손잡이를 놓칠 뻔했지만, 죽어라 매달리며 버텼다.

머릿속에 떠오른 이미지는 손잡이를 놓쳐서 장기짝처럼 바닥에 나뒹군 내 위로 사람들이 잇달아 포개지는 상황. 아비규환. 납작하게 짓눌려서 떨어져나갈 것 같은 귀.

눈앞의 현실은 고요함 속에 그대로 머물러 있었다.

매달린 손잡이 바로 밑에 서 있는 남자는 할복한 카레빵소처럼 좌석 쪽으로 몸을 삐죽 내민 채 죽어라 버티고 있었다. 자리에 앉아 스마트폰을 들여다보던 여자가 노골적으로 기분 나쁜 티를 내며 눈앞으로 육박해온 남자의 배에서 얼굴을 돌렸다.

누군가의 헤드폰이 머리에서 흘러내렸는지, 잠시 후 시야가 닿지 않는 어딘가에서 메마른 음악 소리가 희미하게 들려왔다. 마이클 잭슨의 「빌리 진」.

아무도 입을 열지 않은 채, 사람들 물결은 슬금슬금 원래 위치로 돌아갔고, 마이클 잭슨의 노래도 들리지 않게 되었다.

열차는 여전히 멈춰 있었다.

창이 열리지 않는 전철 안은 조용했다. 무슨 소리를 내도 빽빽하게 들어찬 인간들이 흡음재가 되어 모든 소리를 빨아들여버리는 것 같았다.

예감이 좋지 않은 정차 방식이다. 분명 대부분의 사람들이 그렇게 느꼈을 것이다.

숨소리마저 신경이 쓰여서 입을 반쯤 벌리고 코와 입으로 균등하게 호흡하려 애썼다.

목이 말랐다.

다들 혼자일까? 누군가 대화라도 해주면 좋을 텐데. 서 있는 사람은 옴짝달싹 못하지만, 최소한 앉아 있는 누군가가 전화 통화라도 시작해주면 좋은데.

차 안에서의 대화는 금지하지 않으면서 왜 전화 통화는 금지할까? 지금껏 당연하게 여겼던 것이 왠지 부조리하다는 생각이 들기 시작했다.

심박 조율에 영향을 주기 때문이라는 설도 단순한 도시 전설에 불과한 것 같다. 제사 때 만난 삼촌은 웃옷 주머니에 보란 듯이 새 휴대전화를 꽂아뒀는데, 분명 삼촌은 몇 년 전에 심박 조율기 이식수술을 받았던 것이다.

지지직거리는 희미한 소음이 들렸다. 스피커는 어디 있는지 알 수 없다. 달그락달그락 마이크를 집어 드는 소리가 들렸다.

―아, 아아, 차장실에서 알려드립니다.

여자 목소리였다.

－여러분, 바쁘신 와중에 불편을 끼쳐드려 대단히 죄송합니다. 방금 다음 정차역인 K역에서 인사사고가 발생한 관계로 급정차했습니다.

더듬거리는 말투로 안내방송을 했다.

－다시 한 번 말씀드리겠습니다. 방금…….

완전히 똑같은 내용의 두 번째 안내방송은 무난하게 매끄러웠다.

이런 안내방송에도 매뉴얼이 있나? '듀플' 멤버인 아사코는 철도 회사에 다니니까 물어보면 알 수 있을지도 모른다.

그 가게의 장점은 모이는 손님들이 모두 직업이나 학력 같은 데 연연하지 않고 살아간다는 것일까.

오늘 밤 아사코의 메이크업은 좋았다. 국문과를 졸업한 경리과 사무직 같다는 평을 듣는 나와 달리 그 친구는 의상도 화장도 조금 화려한 게 어울린다.

"평소랑 다르네, 어쩐 일이야?"라고 물었더니, 백화점 화장품 매장에서 풀메이크업을 받았다고 해서 다들 깜짝 놀랐다.

"대단하다. 그건 엄청난 용기가 필요하잖아."

"난 못해."

여기저기서 아사코를 칭찬하는 말이 쏟아졌다.

옆에서 낯선 사람들이 수없이 지나간다. 메이크업 담당자가 계속 가까이에서 쳐다본다. 도저히 무리다.

정작 당사자인 아사코는 더할 나위 없는 반응에 기분이 좋아 보였다. 의기양양한 표정으로 고개를 살짝 기울이는 몸짓이 아사코가 자주 취하는 포즈다. 보나마나 연습도 꽤 많이 했겠지. 거울 앞에서 몇 번이나 고개 기울이는 연습을 하는 광경을 떠올리자 웃음이 솟구쳤다.

그녀를 칭찬하는 말들이 한차례 마무리되자 아사코의 용기에 다 함께 건배하자는 제안이 나왔고, 카운터에 앉아 있던 나머지 세 사람이 아사코에게 술을 한 잔씩 대접했다. 그래서 아사코는 곤드레만드레. 그토록 활짝 피어오른 아사코는 본 적이 없었다.

"아사코는 피부가 고와서 좋겠다"라며 다들 몹시도 부러워하자 그 얼굴은 새빨갛게 달아올랐다.

"그렇지 뭐"하며 윙크하는 표정이 또 예뻐서 다들 난리였고, 지금 그 표정을 다시 한 번 해보라며 잇달아 휴대전화 카메라를 꺼내 들었다. 아사코도 카메라 세례에 응하며 "그렇지 뭐" 하고 윙크를 반복했다. 마지막에는 마담이 카운터 안에서 모두가 나란히 모인 사진을 찍어줘서 나이도 먹을 만큼 먹은 사람들이 브이 자를 만들며 포즈를 취했다.

마담은 "니들, 대체 몇 살이냐? 한심하긴" 하고 남자 말투로 투덜거리며 단체 사진 속의 한 사람 한 사람에게 포즈를 지시했다. 낮에 하는 일은 일단은 사진작가다. 꺼내 든 카메라도 검고 큰 일안렌즈. 카메라가 멋지면 의욕도 저절로 솟구치고, 무릇 프로는 피사체인 이쪽 기분이 좋은 순간에 셔터를 누른다.

"페이스북에 사진 올리면, 절대 안 돼."

"안 올려, 안 올려."

약속을 주고받는 대화.

그런 즐거운 시간을 보낸 후, 집으로 돌아가는 길에 전철이 멈춰 섰다.

너무 즐거워서 평소보다 얘기가 한 시간이나 길어지고 말았다. 그렇지만 않았어도 인사사고에 발목을 잡히지는 않았을 텐데.

따지고 보면 듀플에서 늦게 나온 이유는 사진을 찍은 후에 인생에 관한 얘기를 나눴기 때문이다.

"뭐든 '인생'이란 말을 갖다 붙이면 진부해져."

술에 취한 히토미가 그런 말을 꺼내서 그 뒤로 우리는 저마다 '인생'을 논하기 시작했던 것이다.

"인생, 오르막이 있으면 내리막도 있다."

"그야 당연하지."

"인생은 학교다."

"그야말로 명언풍이네."

"인생은 자전거와 같다."

"뭐야, 그건?"

"아인슈타인이 한 말이야. 넘어지지 않으려면 계속 달려야 한다."

"멈추고 발을 디디면 되지."

"그러네."

여고생들처럼 신나게 떠들며 「인생은 여러 가지」라는 옛 유행가를 부르고, '인생, 낙이 있으면 고통도 있지'라며 미토 코몬水戸黄門(일본판 암행어사 - 옮긴이)의 노래도 입을 모아 불렀다. 마담은 50대, 히토미는 40대, 내가 서른둘이고, 아사코는 분명 스물넷. 세대를 골고루 넘나들었다. 대화 내용이 다채로운데다 가게에서는 각자의 일상에서 벗어나 자유분방해서 술에 취하든 취하지 않든 늘 분위기가 좋다.

"으음…… 인생, 인생, 인생이라…….."

격언이나 명언을 떠올리려고 모두 입으로 '인생, 인생'이라고 중얼거렸다.

"인생은 10단 변속 자전거 같은 것. 거의 안 쓰는 기어투성이다."

히토미가 스마트폰 화면을 보면서 그렇게 말했을 때, 모두가 갑자기 조용해졌다.

"누가 한 말이야?"

"라이너스. 스누피 친구."

순간, 기분 좋은 깨달음 같은 것이 그 자리를 지배했다. 철학자도 아니고, 문학가도 아니며, 하물며 정계나 재계에서 성공한 누구도 아닌, 만화에 나오는 자그마한 아이가 인생에 관해 진부하지 않은 표현을 했다. 라이너스의 말을 듣고 각자 무슨 생각이 들었는지 아무도 말을 꺼내진 않았지만, 어쨌든 모두 그 말에 바로 압도당했고, 압도당한 사실을 기뻐했다. 말하자면 다 함께 인생의 고비를 넘어선 기분이었다. 어쩌면 듀플에 오는 손님들은 평범한 사람보다 기어를 한 개쯤 더 쓰는지도 모른다.

또다시 스피커에 섞여든 소음으로 현실로 되돌아왔다.

―아아, 다시 한 번 안내 말씀 드립니다. 바쁘신 와중에 불편을 끼쳐드려 대단히 죄송합니다만, 현재 다음 정차역인 K역에서 인사사고가 발생한 관계로 운행이 지연되고 있습니다. 복구 상황이 확인되는 대로 알려드리겠습니다. 지금은 잠시 그대로 기다려주십시오.

새로운 정보는 전혀 없는, 단순한 반복이었다.

"기다려달라고 안 해도 기다릴 수밖에 없잖아."

보이지 않는 곳에서 한 남성이 혀 꼬인 목소리로 내뱉은 말에 여기저기에서 동의로도 실소로도 해석할 수 있는 반응이 솟구쳤다.

조금 전 안내방송 이후로 지금까지 새로 탄 승객은 있을 리 없다. 그러니 똑같은 내용을 새롭게 전달할 필요가 있는 인간은 여기에 단 한 명도 없다. 그렇지만 반복되는 안내라도 없는 것보다는 낫다. 무슨 새로운 정보를 얻을 수 있을지도 모른다는 기대로 몇백 명이나 되는 낯선 타인들이 일제히 귀를 쫑긋 세운다. 정보가 늘어나느냐 아니냐는 다음 문제다. 사람들은 지루하다. 안내방송이 끝날 때까지 몇 초간, 가슴은 분명 기대감으로 술렁거린다.

"그 얘긴 좀 전에 들었어!"

남자 차장이 눈앞에 있다면, 따지며 달려드는 승객도 있겠지. 스피커 너머의 차장이 여성이라는 이유만으로 싸하게 얼어붙을 것 같은 전철 안 분위기가 부드러워지는 기분이었다.

여자는 이득이라고 생각한다. 오늘처럼 외출할 때면, 언제나 그런 생각이 든다.

똑같은 일을 해도 남자와 여자는 결정적으로 다른 점이 있다. 차장인 그녀가 아무리 남성적인 성격이라도, 설령 남자들이 좋아하는 외모와 상당히 동떨어졌다 해도 스피커를 통해 여자 목소리를 내보낼 수 있다는 단 한 가지 사실만으로도 가치가 생겨날 때가 있다.

시간을 확인하려고 손잡이로 뻗은 왼팔을 바라보았다.

손목시계가 없었다. 저녁에 옷을 갈아입을 때 풀었기 때문이다.

그 대신 앞에 서 있는 남자의 손목시계가 보였다. 비싸 보이지는 않았다. 몹시 번쩍거리는 시계였다. 시계에 관해서는 전혀 모른다. 그런데도 그 독특한 번쩍거림이 눈에 익었다. 자주 보는 느낌. 맞다. 폐점 시간에 세일하는 가판대가 떠올랐다.

"그동안의 성원에 감사드립니다. 마침내 폐점하게 됐습니다. 오랫동안 감사했습니다. 지금부터 마지막 재고를 일제히 세일합니다."

　남자가 쉰 목소리로 매일 똑같은 말을 하는, 몇 년 전부터 폐점을 계속하는 가게였다. 그런 가게에서 파는 '가판대 상품, 지금부터 모조리 1,000엔'인 시계. 일방적으로 그렇게 단정 지었다. 진실이든 아니든 상관없다. 지루했기 때문이다. 마음이 이야기를 원했다.

　남자의 시계는 열차가 정지한 후로 벌써 20분이나 지났음을 알려주었다.

　맙소사 하는 심정으로 창밖을 내다보니, 빌딩 옥상에 전광 게시판이 보였고, 시간이 디지털로 표시되어 있었다. 에이, 뭐야. 이 자리에 멈춰 있는 한, 손목시계는 필요 없네. 시간을 알기 위해 앞의 남자도 필요 없게 되었다.

　천장을 올려다봤다.

　탤런트의 각성제 의혹. 정치인의 뇌물 의혹. 대기업 정리 해고 사무실의 실태. 비정규직 노동자의 현실. 손해 보지 않는 연금. 복부 비만을 막는 10가지 비결. 대형 사고가 발생하는, 노후화된 인프라가 붕괴될 때.

　남성 취향의 잡지 광고 문구는 살벌했다.

올봄의 립스틱. 다양하게 코디할 수 있는 치마. 나에게 선물하는 아시아 리조트. 구라시키(에도시대의 풍경을 고스란히 간직한 오카야마 현의 관광지 - 옮긴이)의 봄. 오노미치(히로시마의 항구 마을 - 옮긴이) 맛 기행. 미팅에서 이기는 아름다운 가슴골 비결. 봄에 어울리는 탈색. 마루노우치(도쿄의 상업 지구 - 옮긴이), 최신 런치 정보.

급여도 적고, 고용도 불안한데 여자는 왜 이렇게 긍정적일까.

안심할 수 있는 의료보험. 과음에 효과 좋은 드링크. 소수 영어회화. 듣기만 해도 영어가 된다는 교재. 하이테크놀로지로 소재를 리드하는 회사.

반복적으로 출입문 위에 뜨는 무음의 동영상 광고도 단지 움직인다는 이유만으로 몇 번이고 보고 싶어진다.

차창 밖으로 시선을 돌렸다. 눈에 들어오는 것은 빠짐없이 훑어봤는데도 전광판 시계는 고작 1분밖에 안 지났다.

"네, 여보세요? 내가 탄 전철이 멈췄어. 인사사고래. 응. 벌써 30분째야."

아가씨의 대화에 모두가 귀를 기울이고 있었다.

앉아 있는 그녀 앞의 넓은 공간이 부러웠다. 최소한 조금만 덜 붐벼도 스마트폰을 꺼내서 지루한 시간을 때울 수 있다. 왜 음악을 들을 이어폰도 없이 전철을 탔을까.

인사사고 발생. 전철, 멈췄음. 이렇다 할 안내방송도 없어. 대체 언제쯤이나 움직일지. 큰일 났네, 화장실 가고 싶은데.

이 열차의 몇몇 좌석에서 휴대전화나 스마트폰을 이용해 그런 메시지를 수없이 보내고 있을 게 틀림없다.

숨 한 번 쉬는 데도 신경이 쓰이고, 자연스러운 몸동작도 억제하고 있는 자기와의 격차에 저주를 퍼붓고 싶었다. 숨 막히는 이 시간은 언제까지 계속될까. 넓은 공간을 찾아 헤매는 심정으로 창밖을 바라보았다. 이번에야말로 시계의 '분'이 막 바뀌는 순간이었다. 고작 그것뿐인데도 살짝 기뻤다.

밝은 점으로 표시된 숫자 바로 앞 유리창 속에서 조금 전에 눈이 마주쳤던 날라리 남자가 이쪽을 보고 있었다. 남자는 내 바로 뒤에 서 있었다. 지금 앞뒤 위치에서 둘이 신체를 거의 포개듯이 서서 유리창을 통해 눈을 마주치고 있었다. 그런 상황이 당혹스러워서 허둥지둥 고개를 숙였다.

기분 탓인지 몰라도 남자의 숨결이 거칠어졌다.

"너도 미인형이니까 좀 더 여자답게 밝은 옷을 입으면 좋을 텐데."

듀플의 동료들이나 베이스의 멤버들은 나에게 늘 너무 수수하다고 말하지만, 옷차림으로 눈길을 끌고 싶지는 않다. 내가 나다운 것이 가장 중요하다.

등 뒤가 왠지 모르게 술렁이는 기미가 느껴졌다. 지금 그의 눈앞에는 귀걸이를 한 내 귀와 검은 머리칼 사이로 엿보이는 목덜미가 있다. 차창으로 보니, 정성 들여 화장한 얼굴과 어딘지 모르게 뻔뻔한 자신감을 드러낸 남자의 얼굴이 겹쳐 있었다.

창 너머로 한동안 남자를 관찰했다.

남자는 거북한 듯이 얼굴을 찡그리며 위를 바라봤다. 시선 끝에는 주간지 광고판이 있다. 두 장짜리 광고판의 한쪽은 남성 취향 주간지다. 일부러 고른 듯한 인상이 나쁜 정치인의 사진이 있고, 그 위에 얹듯이 빨간 고딕체로 제목을 붙여놓았다. 그 옆에는 조금 작게 신흥종교에 빠져버린 여성 연예인이 허공을 올려다보는 사진이 흑백으로 인쇄되어 있다. 이미 몇 번이나 봤을 테지만, 남자는 눈을 치뜨고 한동안 그것을 보다가 시선을 옆 광고로 옮겼다.

'매혹적인 목'.

유리창 너머로 남자의 시선을 쫓아간 끝에 발견한 빨간 로

고의 여성 잡지 광고. 그 잡지의 첫 번째 특집 제목이 '매혹적인 목'이었다. 아름다운 여성의 뒷모습에서 목선을 클로즈업한 컬러사진이 실려 있고, '올봄, 여자는 목으로 승부한다'는 글자가 그 사진을 가로질렀다. '목'이라는 글자만 살짝 다른 서체로 춤추듯 강조해놓았다.

소름이 돋을 것 같았다.

시선을 남자의 얼굴로 되돌린 순간, 유리창 속의 남자는 시선을 아래로 깔고 내 뒷목을 훑고 있었다. 영상은 몇 미터 앞의 유리창 속이지만, 실물 남자의 얼굴은 내 목 바로 뒤 몇 센티미터 거리에 있었다.

엉겁결에 어깨를 움찔 움츠려버린 타이밍과 차창 속에서 그의 입술이 오므려진 타이밍이 겹쳐졌다. 조금 늦게 목에 바람이 와 닿은 느낌이 들었다. 유리창 영상만 보면, 그가 뿜어낸 숨결에 내가 반응한 것처럼 보인다.

그는 어깨 너머로 차창 속의 내 모습을 살피고 있었다.

시선을 피했다. 그리고 허둥지둥 눈길을 피한 걸 들켜버렸다는 생각이 들었다.

이런 상황에서 남자가 무슨 생각을 하는지는 잘 안다.

곤란한 일이 생길지도 모른다.

호흡이 거칠어졌다. 동요를 들키면 안 된다고 조바심을 낼
수록 어깨는 주체할 수 없이 위아래로 들썩거렸다.

도대체 시간이 이렇게 흘렀는데도 왜 다음 안내방송이 없
을까. 사고 처리는 대강 끝났을 텐데. 그렇지 않더라도 이제
슬슬 예상은 할 수 있지 않을까. 가령 지금부터 30분, 아니
한 시간이 걸리더라도 지금쯤은 뭐라고 설명해줘야 하지 않
을까.

"아, 여보세요?"

조금 전 아가씨가 다시 전화 통화를 시작했다.

"큰일이야. 꼼짝도 안 해. 이러다 막차 놓치겠어. 혹시 그러
면 데리러 와줄 수 있어?"

전광판 시계는 '23:57'이었다.

나에게 중요한 K역의 막차는 평소 같으면 12시 8분. 11분
남았다.

—여러분, 바쁘신 와중에 열차가 늦어져서 대단히 죄송합
니다. 방금 연락이 왔습니다.

오오, 하는 소리라고도 할 수 없는 감탄사가 차 안에 가득
찼다.

—너무 오래 기다리셨는데, K역의 복구 작업이 잠시 후 종

료됩니다. 따라서 우리 열차는 앞으로 10분 후쯤 운행을 재개할 수 있을 것으로 예상됩니다. 다시 한 번 말씀드리겠습니다. K역의…….

누군가가 친 박수에 이끌려서 드문드문 박수 소리가 일었다. 그러나 만원이라 자유롭게 움직이지 못하는 승객이 대부분이어서 박수를 칠 수 있는 사람은 많지 않았다.

복구 작업이 잠시 후……. 안내방송이 이어졌다.

복구 작업이 끝난다. 잊고 있었다. 이 열차는 인사사고 때문에 멈췄던 것이다. 인사사고라는 말은 귀에 익숙하다. 아주 당연한 듯이 사용되고 있지만, 그것은 사람이 죽었다는 의미다. 역에서 일어난 사고라면, 누군가가 선로로 뛰어내리거나 해서 플랫폼으로 들어오는 열차에 치였다는 뜻이다. 내가 탄 전철이 멈췄다는 사실에만 의식이 쏠려서 인사사고에는 생각이 미치지 못했다.

장면을 떠올리고 말았다.

철도에서 일어난 인사사고는 한 번도 본 적이 없는데, 그 이미지를 멋대로 머릿속에 떠올리기 시작했다. '생각'이란 것은 왜 이리도 제어하기 힘들까.

브레이크 소리, 플랫폼에 있던 사람들의 비명, 비상벨. 실제로는 들리지도 않는 그 소리에 귀를 틀어막고 싶어졌다. 플랫폼으로 달려 들어오는 차량에 가로막힌 시야, 그 너머에 있을 사람, 플랫폼 조명을 반사시키는 광택을 머금은 선로, 미끄러져 들어오는 예리한 기차 바퀴, 올라타도 미동조차 않는 중량, 살점, 찢어진 옷, 사방으로 튀는 피.

정차 위치는 어디쯤이었을까. 열차에 타고 있던 승객은 내렸을까. 정차 위치 전에 멈춰 선 차량에서 어떻게 내릴 수 있을까. 기차 바퀴에 사람이 얽힌 채로 정차 위치를 바로잡았을까.

설마.

눈을 질끈 감았다. 입 안에서 쇠 맛이 느껴졌다.

잠시 후 끝난다는 복구 작업이란 사방으로 갈가리 흩어진 것들을 그러모아 어딘가로 옮긴다는 의미다. 그 열차는 손님을 그대로 태우고 운행을 재개할까. 사람을 친 차량은 그대로 회전을 계속하며 종착역까지 가는 걸까.

"여보세요, 나야. 이제 곧 움직일 것 같아. 그래, 다음이 K역이야. 응. 알았어. 응. 괜찮아."

그녀의 세 번째 전화 목소리에 이제는 치유가 되었다.

차 안에서 그녀의 전화 통화를 나무라는 사람은 아무도 없

있다. 그럴 수밖에. 지루한 전철 안에서 듣는 타인의 생생한 대화는 즐겁지 않은가.

전화하는 여성의 얼굴이 궁금해서 목소리가 들리는 좌석을 쳐다보려 했다.

그런데 또다시 뒤에 선 남자와 눈이 마주쳤다. 남자는 이번에도 자신감이 넘쳐나는 웃는 표정을 던졌다. 넌 나를 몇 번이나 쳐다봤지, 다 알아, 내가 신경 쓰이는 거지.

기분이 나빴다. 웃기는 소리. 신경은 쓰인다. 신경은 쓰이지만, 당신이 생각하는 의미는 아니야. 째려보려다가 생각을 접었다. 상대에게 반응하지 않는 게 차라리 낫다.

조용히 시선을 앞으로 내려뜨린 순간, 뒤에서 묘한 감촉이 느껴졌다. 엉덩이 주위에 뭔가가 닿았다.

설마.

놀랐지만, 그보다 오히려 어이가 없었다. 이 자식, 뭐야.

–여러분, 오래 기다리셨습니다. 이 열차는 잠시 후 운행을 재개하겠습니다.

차장의 목소리가 활기를 띠었다. 그 목소리가 차 안의 공기를 단숨에 밝게 해주었다.

이토록 감정이 깃든 운행 개시 안내방송은 들어본 적이

없다.

　서 있는 게 편하게 느껴졌다. 신기하다. 각자가 체중의 몇 분의 1쯤을 타인에게 기대고 지루하게 기다렸던 것이다. 모두가 지금 다시 양쪽 다리에 균등하게 체중을 실으며 온전히 자기 힘으로 서려는 의지를 갖고 있다. 그런 느낌이 들었다. 차량 안으로 발을 들여놓았을 때처럼 사람들의 마음은 제각각 목표로 하는 장소로 향한다.

　혼자 사는 아파트로, 불이 밝혀진 가정으로, 연인이 기다리는 집으로, 어쩌면 야간 경비 현장으로.

　그곳이 어디가 됐든, 사람들은 다시 각자가 향하는 장소로 다가가려 한다.

　덜컹.

　작은 충격과 함께 열차가 움직이기 시작했다.

　만원 승객이 휘청하며 흔들렸고, 곧바로 안정을 되찾았다.

　선술집 체인점의 빨간 간판이 뒤로 밀려나고, 전광판 시계도 시야에서 벗어났다. 한동안 움직이지 않았던 창밖 경치가 멀어지고, 눈에는 잇달아 새로운 광경이 들어오기 시작했다.

　이제 2~3분 후면, K역 플랫폼으로 미끄러져 들어간다.

　나는 그곳에서 내린다.

집은 그곳이 아니다. 중요한 작업이 기다리고 있다.

어떤 장소에 잠깐 들렀다 또다시 전철을 타야 한다. 아무리 늦어도 막차 시간까지는 모든 걸 끝내고, 뒤이어 오는 하행 전철을 타야 한다.

이제 곧 막차 시각이다. 막차도 늦을 테지만, 그래도 시간은 못 맞출 것 같다. 그렇다고 이 상태로 집에 갈 수도 없는 노릇이다. 재난을 맞닥뜨렸을 때는 일단 가능한 조치부터 하고, 나머지는 흘러가는 속에서 최선책을 찾을 수밖에 없다.

열차가 속도를 낮추기 시작했다.

혹여 못 내리는 일이 생기지 않도록 몸을 문 쪽으로 돌리고, 내가 다음 역에서 내린다는 의사를 주위에 표시했다.

뒤쪽에서 느껴지는 감촉이 이상했다. 몸의 방향을 틀었는데도 허리의 똑같은 위치에 똑같은 감촉이 그대로 남아 있었다. 우연히 서로 맞닿았던 거라면, 내가 움직이면 닿는 부위가 분명 바뀌어야 할 텐데.

정확히 치마 후크 언저리에 고의로 손을 얹고 있었다.

머리가 움직이지 않게 눈동자만 돌려서 다시 창을 바라봤다.

남자의 턱이 부자연스럽게 앞으로 튀어나와 있었다. 얼굴을 내 목에 바짝 대고 있었다.

아니, 손 위치를 내리려는 것이다.

오한이 들며 섬뜩했다. 그러나 조금 전처럼 당혹스럽지는 않았다. 앞으로 2분만 지나면 이 공간에서 해방된다. 이 남자와는 자동적으로 헤어진다. 안전을 위해 적정한 관계를 유지할 수밖에 없는 이웃이 아니게 된다.

손이 미끄러져 내려왔다.

남자도 이제 곧 이웃 관계가 끝난다고 의식하고 새로운 행동을 취한 듯하다.

손이 허벅지 틈새로 비집고 들어오려 했다. 무릎까지 오는 트위드 치마가 그 높이에서의 침입을 가로막았다.

유리창 속의 남자 머리는 내 어깨 높이까지 내려와 있었다. 비좁은 차 안에서는 이제 더 이상 몸을 굽힐 수 없다. 남자의 손은 헛되이 헤맬 뿐이다. 손의 위치를 정확히 알고 나니, 유리창에 비친 부자연스럽기 짝이 없는 그의 목 윗부분이 너무 우스꽝스러웠다. 이쪽은 이미 그의 상태를 완전히 파악했다. 보이지는 않지만 뒤에서 얼마나 부자연스러운 자세를 취하고 있는지 확실히 알았다.

열차에 가볍게 브레이크가 걸렸다.

속도가 늦춰지고 승객이 조금씩 밀리면서 틈이 벌어진 순간, 남자가 등 뒤로 내려앉았다. 아니나 다를까, 치맛자락에 손이 닿았다.

그 순간을 기다리고 있었다.

그런데도 시선은 유리창에서 떼지 않았다.

몸만 살짝 비틀었는데도 그 손은 허벅지 틈새에서 비껴나고, 내 어깨가 남자 가슴에 닿는 위치 관계가 만들어졌다. 굳이 찾지 않아도 내 어깨에서 곧장 내려간 팔 끝이 바로 그의 사타구니다.

열차가 역에 정차하기 직전, 내 손이 그의 사타구니를 부드럽게 움켜쥐었다.

유리창 속의 남자는 당황해서 유리창 속에서 나를 찾기 시작했다.

그의 시선이 나를 발견한 순간, 나는 요염하게 웃어 보였다.

늘 거울 앞에서 연습했던, 몇 시간 전에도 거울 앞에서 확인했던, 남자를 유혹하는 최고의 미소.

남자는 당혹감을 드러낸 후, '오호' 하는 표정을 지었다. 상상도 못했던 뜻밖의 수확이다. 그렇게 받아들였을 게 틀림없다.

시선을 마주한 채로 입술을 살짝 움츠려 보였다.

남자에게는 분명 '어때?' 하고 묻는 것처럼 보였겠지.

열차가 K역에 완전히 정차했다.

문이 열렸다. 떠밀려가는 사람들 흐름을 타고 나는 남자에게 등을 돌린 채 플랫폼으로 나왔다.

아, 이 신선한 공기.

사람들이 조금 흩어졌을 즈음, 누군가가 내 어깨를 두드렸다.

조금 전의 그 남자였다.

남자가 걸음을 멈춘 내 앞을 가로막고 물었다.

"이봐, 잠깐 한잔, 어때?"

나는 한순간 고개를 숙이며 망설이는 몸짓을 한 후, 얼굴을 들면서 내가 가장 아름다워 보이는 표정을 지으며 남자를 바라보았다.

남자는 자신감이 더 커진 듯했다.

"미안한데, 난 여자밖에 흥미 없는데."

평소 목소리로 대답하자 그의 표정은 순식간에 일그러졌고, 볼썽사납게 입을 쩍 벌린 채로 눈동자만 정신없이 이리저리 굴렸다.

"설마……."

그렇게 말했을 테지만, 목소리는 거의 나오지 않았다.

나는 곧장 개찰구로 향했다. 계단으로 내려서기 전에 딱한 번 돌아봤는데, 남자는 내린 전철에 다시 올라타려다 눈앞에서 닫힌 문에 차단당한 상태였다.

안타깝게 됐군. 잘 가.

자동개찰기를 통과하기 위해 휴대전화를 꺼내자 문자가들어와 있었다. 부재중 전화 표시도 남아 있었다.

'전화 주세요. 매우 급함.'

사요코가 전화한 것은 40분 전, 전철을 타고 얼마 지나지않아서다. 문자는 그로부터 5분쯤 후에 보냈다. 무슨 일이지? 평소에는 그녀가 이 시간에 연락한 적이 없다.

같은 집에 살긴 해도 평일에는 둘 다 집과 직장을 오갈 뿐이다. 양쪽 다 일이 바빠서 저녁에도 거의 대부분 외식이라결국은 늦은 밤까지 개별 행동을 한다. 어쩌다 일찍 귀가하면, 혼자 식사 준비를 해서 먹는다. 상대의 귀가를 기다리긴하지만, 몇 시에 들어오는지 서로 확인하지도 않는다. 얼른혼자 먹어치우거나 밤 9시나 10시, 혹은 작은 기대만 품어봤다 더 이상 못 기다리겠으면 적당한 시간에 먹는다.

그렇게 생활하는데, 오늘 연락을 했다는 것은 뭔가 특별한 일이 있다는 뜻이다.

'한잔할래? 11시까지 역에 도착하면 전화해.'

그런 문자가 온 것은 작년 여름, 집과 역 사이에 꼬치구이 집이 생겼는데, 광고 전단지를 들고 가면 할인해준다고 했다.

'보너스 나왔어. 한턱 쏠게.'

그때는 둘이 일이 끝나는 밤 10시 반에 니시아자부에서 만 나기로 약속했고, 2차로 바에 들렀다 시내 호텔에서 묵었다. 그로부터 1주일 후 우리 회사에서 보너스가 나왔을 때는 새 벽까지 영업하는, 맛있지만 가격이 꽤 비싼 가구라자카의 요 릿집에서 주방장의 특선 모둠회를 안주로 야마가타 술을 마 셨다.

'갑작스럽지만, 게가 도착했어요. 게라고요, 게~. 빨리 안 오면 혼자 다 먹어버릴 거야.'

그때는 일찍 들어가지 못했다. 마지막 전철을 타고 귀가하 자 사요코는 정말로 혼자 게를 다 먹어치우고, 빈 4홉들이 청 주병 옆에서 테이블에 엎드린 채 잠들어 있었다. 다음 날 아 침 "다른 건 하나도 안 먹고 게로만 배 채우긴 내 인생에 처 음이야"라고 하기에, "게만은 아니지. 4홉들이 술도 상당한 양일 텐데"라고 핀잔을 주었다.

밤에 난데없이 문자가 온 것은 몇 달 전까지 거슬러 올라가야 떠올릴 수 있다. 그 정도로 사요코가 문자를 보내는 건 드문 일이었다. 그리고 새삼 떠올려보면 문자가 올 때마다 꽤 즐거운 시간을 보냈다.

3월의 밤은 조금 쌀쌀했다.

사요코가 집에서 전화를 걸었다는 걸 다시 한 번 확인하고, 개찰구에서 나오자마자 집으로 연락했다.

전화벨이 세 번 울려도 받지 않으면 팩스로 전환돼서 다시 휴대전화로 걸었다. 일곱 번, 여덟 번…… 안 받는다. 분명 40분 전에 집에서 전화했는데.

샤워하는 중이거나 화장실에 있을지도 모른다.

사요코는 전화벨을 몇 번만 울리다 끊으면 화를 낸다.

"목욕탕에서 정신없이 허둥거리며 나왔는데, 막 전화를 받으려고 하면 끊어버리더라. 이왕 걸었으니 조금만 더 기다리면 좋잖아. 진짜 참을성이라곤 없어."

몇 분 후에 다시 걸어서 드디어 그녀가 전화를 받았을 때, 그런 불만을 쏟아내는 잔소리를 몇 번이나 들었던가. 그래도 그때마다 바닥에 물방울을 뚝뚝 떨어뜨리며 알몸으로 전화기까지 뛰어온 사요코를 떠올리면, 그 화가 억지스럽게 느껴진 적은 없다.

개찰구를 빠져나온 사람들 물결은 모퉁이에 있는 편의점으로 빨려 들어가 절반으로 줄었다.

베이스캠프는 바로 근처였다.

이 시간이면 이미 클럽 멤버들은 아무도 없겠지. 다섯 명모두 건실한 직장인이다. 동료 중 한 사람의 본가에서 소유한 물건을 임대료 5만 엔에 빌려서 쓰는 중이다. 수도와 전기요금도 다섯 명이 균등하게 나눈다. K역에서 걸어서 4분, 지은 지 20년 된 원룸. 어엿한 성인의 취미를 위한 투자치고는 합리적이라고 생각한다. 서로 시간이 맞을 때는 방에서 담소를 나누며 술잔을 기울이기도 하지만, 대부분은 옷만 갈아입고 곧바로 귀가한다. 저마다 자기가 즐겨 드나드는 장소가있다. 자기표현 방식은 제각각이다. 나는 베이스캠프에서 전철을 타고 듀플로 가서 거기에 오는 같은 취향을 가진 동료들과 그저 평범하게 대화하고, 가끔은 오늘 밤처럼 흥에 겨워 늦게까지 떠들다 다시 전철을 타고 베이스캠프로 돌아올뿐이다.

2층까지 계단을 올라가 핸드백에서 재빨리 열쇠를 꺼냈다.

다섯 명이 사용하기 위해 만든 복제 열쇠는 완성도가 조금 떨어져서 대부분은 열쇠 구멍에 매끄럽게 들어가지 않는다.

낡은 철문을 당겨서 열고 실내 전등을 켜자 안에서 화장품 냄새가 희미하게 맴돌았다.

사요코는 지금쯤 욕실에서 나왔을까.

통화 내역을 다시 한 번 눌러 집으로 전화를 걸었다.

좀처럼 받지 않았다. 전화기에서 가장 먼 곳에 있고, 바로 손을 뗄 수 없는 상황이라면 벨이 몇 번 울리는 시간이 필요할까. 머릿속으로 집 안을 그려보며, 전화기 쪽으로 향하는 사요코의 모습을 떠올렸다.

받지 않았다.

불안해져서 휴대전화로 걸어보기로 했다.

이번에는 두 번 만에 받았다.

"여보세요? 어떻게 된 거야?"

"여보세요?"

남자였다.

통화 내역을 불러내어 전화를 걸었다. 번호가 잘못됐을 리가 없다. 그 상황에 설명을 붙여보려고 머릿속이 혼란해졌다.

"여보세요?"

"도키타 사요코 씨 댁에서 전화하셨죠?"

"아, 네, 그렇습니다만."

"구급대원 가토라고 합니다. 현재, 구급차로 이송 중입니다. 지금 사요코 씨는 누워 계셔서 제가 대신 전화를 받았습니다."

"구급차, 구급차라고요? 구급차란 말이죠?"

"네, 진정하십시오. 밤 11시 42분에 119로 연락이 와서 조금 전에 현장, 으음, 댁에 도착했습니다. 의식은 또렷합니다만, 복부에 심한 통증을 호소하는 상황입니다."

설명을 하나라도 놓치지 않으려고 전화기를 귀에 바짝 댔다.

"혈압, 맥박, 호흡 등······ 생명이 위급한 상태는 아닙니다."

그래, 그 말을 듣고 싶었어.

"제가 어디로 가면 될까요?"

"현재, 이송할 병원이 정해지지 않았습니다."

뭐라고?

받아주는 병원이 없어서 이리저리 떠도는 장면이 머릿속을 훑고 지나갔다. '구급의료의 현황'인가 뭔가 하는 다큐멘터리를 본 적이 있다. 화면에 나왔던 그 상황을 지금 사요코가 직면한 것이다.

"언제쯤 정해질까요?"

"여기저기 연락하는 중입니다. 언제 정해질지 말씀드리긴 어렵습니다."

시간은 자꾸 흘러간다. 장소도 분명 더 멀어진다. 도착할 때까지 걸리는 시간은 점점 더 길어진다.

신음 소리가 들리는 것 같았다.

"저어, 통증이 상당히 심한가요?"

"그런 것 같습니다."

"진통제는?"

"구급차에서는 정해신 범위를 넘어서는 의료 행위는 할 수 없어서……."

"진통제 주사도 안 됩니까?"

"네. 안 됩니다."

참을성이 많은 사요코가 구급차를 불렀다는 건 매우 심각한 상황이다. 진통제 처방도 못 받고, 행선지도 모른 채 비좁은 구급차 침대에 묶여 있다니.

"받아줄 병원이 정해지는 대로 연락드릴 테니, 잠시만 더 기다려주십시오. 여기 찍힌 휴대전화 번호로 연락하면 될까요?"

"네. 잘 부탁드립니다."

전화가 끊긴 뒤에도 그 자리에 멍하니 서 있었다.

머릿속이 하얘져서 뭘 어떤 순서로 해야 할지 판단되지 않았다.

내 부티크 행거를 거울 앞으로 당겨놓고 베이지색 카디건을 벗었다. 급하게 블라우스 단추를 풀다 보니 단추의 좌우 위치 때문에 머리가 혼란스러웠다.

회색빛 치마를 벗자 거울 속에 브래지어와 스타킹 차림의 모습이 비쳤다.

넓은 어깨.

그 모습을 본 순간, 의식이 바로 전환되었다.

조금 전까지는 거의 여자였다.

지금 거울 속에 있는, 옷을 벗은 모습은 이미 틀림없는 남자다. 여성용 속옷을 입었지만, 너무나 추하다. 그 신체는 남자 자체다.

가볍게 심호흡을 한 뒤, 재빨리 속옷을 벗고 알몸이 되었다.

행거 맨 끝에 걸어둔 양복을 끄집어냈다.

속옷을 입고, 양말을 신었다. 의식이 차츰 일상으로 되돌아왔다.

일상적인 머리가 다시 아내를 떠올리기 시작했다.

병원비를 지불할 현금은 충분할까. 입원하게 되면, 사요코의 잠옷이나 속옷 같은 것도 준비해야 한다. 슬리퍼나 수건도 필요할 테고, 그리고 또 뭐가 있을까.

방 안을 둘러보았다.

가장 눈에 띄는 건 다양한 옷들이 걸려 있는 다섯 명분의 개성 넘치는 부티크 행거다. 벽 쪽에 쌓인 구두 상자, 누군가의 속옷이 걸려 있는 X자 형태의 건조대. 다이소에서 산 대바구니에 들어 있는 빨래집게, 지나치게 큰 실크용 세제 병, 누군가가 기부한 낡은 다리미, 니토리에서 새로 산 다리미판, 묶음으로 구입한 수많은 철사 옷걸이.

의류와 세탁과 관련된 물건뿐이다.

외출할 때 입는 옷은 세탁소에 맡기지만, 속옷 종류는 여기서 빤다. 집에 가져가서 세탁할 수는 없는 노릇이다.

어디선가 주워온 낡은 소파와 식사를 하기엔 너무 낮은 탁자. 싱크대 옆에는 디자인이 제각각인, 각자가 들고 온 식기류가 조금 있다.

세탁기와 건조기는 있다. 콜맨 아이스박스는 있지만, 냉장고는 없다.

이 방에서는 옷만 갈아입을 뿐, 아무도 생활하지 않는다.

집에도 직장에도 가져갈 수 없는 의상과 화장품만 보관하고, 옷을 갈아입고 밖으로 나가 몇 시간쯤 여자 행세를 즐기다 다시 이곳으로 돌아온다.

모두 마음도 몸도 남자다. 연애 대상은 여성이라 다섯 명 모두 평범한 결혼 생활을 하고 있으며, 아이가 있는 멤버도 있다. 여장은 어디까지나 '여성처럼 꾸미고 거리로 나가는' 취미일 뿐이다.

누구도 생활하지 않는 실내를 아무리 둘러봐도 눈에 들어오는 물건들 중에 병원에 가지고 갈 만한 물품은 보이지 않았다.

휴대전화가 울렸다.

"여기는 구급차입니다. 지금 막 도키타 사요코 씨의 이송을 완료했습니다. 이송 병원은……"

다행이다.

옆에 놓여 있는 종이에 병원 이름을 메모했다. 구급대원이 병원에서 가장 가까운 역과 대략적인 위치도 알려주었다. 다행히도 같은 노선이었다.

전철이 아직 있을까. 막차 시간은 지났지만, 전체적으로 운행이 대폭 늦어졌다. 열차가 빠짐없이 전부 운행된다면, 이 시각에 아직 전철이 있을지도 모른다. 서두르자.

급하게 와이셔츠를 걸치고 바지를 입었다. 넥타이를 맸다. 재킷을 팔에 걸치고, 가방을 낚아채듯 들었다.

현관까지 나와서 굽이 낮은 베이지색 구두를 집어 상자 안에 넣었다.

불을 끄고 밖으로 나왔다. 문을 잠글 때는 열쇠가 매끄럽게 들어갔다.

일단 잰걸음으로 역으로 향했다. 키가 큰 여장 남자와 엇갈렸다. 우리 멤버는 아니다. 이 주변에는 비슷한 취향을 가진 사람이 꽤 많아서다.

개찰구 앞에 서자 때마침 머리 위로 전철이 멀어져가는 소리가 들렸다.

전광판 표시가 깜박거렸다.

'마지막 전철 00:08'.

시각은 12시 25분을 지나는 참이었다. 열차는 끝났나, 다음 열차가 남아 있을까. 늦어져도 시각표대로 숫자를 표시하니 알 수가 없었다.

개찰구 근처에 서 있는 역무원에게 물었다.

"하행선이 아직 있습니까?"

이쪽을 돌아본 역무원이 한순간 얼굴을 찡그렸다.

"안타깝지만, 하행 최종 전철은 지금 막 발차했습니다."

애당초 기대는 하지 않았다. 그러나 택시 승강장에 가니 말문이 막혔다. 긴 행렬이 늘어서 있었다. 손님을 태우고 로터리를 빠져나가는 택시가 한 대 보였지만, 다른 택시는 눈에 띄지 않았다. 이래서야 언제쯤 택시를 탈지 예상조차 할 수 없다.

하나부터 열까지 뜻대로 되는 일이 없는 날이다.

집으로 돌아가는 길이라면, 얼마든지 기다릴 수 있다. 그러나 지금은 한시라도 빨리 병원으로 달려가고 싶다.

걸음을 내디뎠다. 조금만 걸어가면 간선도로가 나온다. 거기서 택시를 잡자.

집에 혼자 있다가 복부에 심상치 않은 통증을 느끼기 시작한 사요코는 가장 먼저 나에게 전화를 걸었다. 전철에 틀어박힌 내가 전화를 받지 않자 이번에는 문자를 보냈다. 간신히 문자와 부재중 전화를 알아채고 전화를 걸었을 때는 이미 그녀가 구급차에 실린 상태였다.

어떤 통증인지는 모르지만, 혼자 이겨내기 힘들었던 게 틀림없다. 119에 전화하기로 결심했을 때도 보나마나 불안감으로 가득했겠지. 구급차가 온 뒤에도 이송 병원이 정해지지 않아 오랜 시간 통증과 불안을 견뎌냈다. 구급대원이 생명에는 지장이 없을 거라고 했지만, 의사의 진단은 과연 어떨까.

얼굴을 보고 싶었다. 얼굴을 보여주고 싶었다.

4차선 도로를 달리는 택시는 많았지만, 빈 차는 좀처럼 보이지 않았다.

반대편 차선으로 건너가서 잡을까, 휴대전화로 콜택시를 부를까, 이런저런 궁리를 하는 중에 운 좋게도 승객을 내려주는 택시가 눈앞에 멈춰 있다.

차 문이 열린 택시로 바짝 다가가 안의 손님이 계산을 마칠 때까지 기다렸다.

밖에 사람이 있는 줄 몰랐는지, 차에서 내린 손님은 바로 앞에 서 있는 나를 보고 몹시 놀란 표정을 지었다.

"죄송합니다. 빈 차가 좀처럼 없어서 애를 먹었는데 다행입니다."

말을 건네자 그 여성도 안도한 표정으로 바뀌었지만, 눈도 마주치지 않고 가볍게 목례만 하곤 곧바로 자리를 떠났다.

택시에 올라타 병원 이름을 말했다.

"꽤 급하신 모양이네요"라고 룸미러 너머로 눈을 마주친 운전기사가 말했다.

"아 네, 아내가 구급차에 실려 가서."

"그건 큰일이군요. 저에게 맡기십시오."

문을 닫자마자 택시는 급발진을 하며 병원으로 달려갔다.

사요코는 잠들어 있었다.

"나중에 의사 선생님이 설명해주시겠지만, 통증의 원인은 요로결석인 것 같아요. 진통제 링거를 맞고 잠드셨는데, 잠시 후면 깨어나실 거예요."

간호사는 무뚝뚝하게 그 말만 한 뒤, 서둘러 병실에서 나갔다.

침대 옆 둥근 의자에 앉아 기다리자 간호사의 말대로 잠시 후 입 언저리가 움직이기 시작했다. 잠이 깬 모양이다.

가까이 다가가 얼굴을 들여다봤다. 사요코는 처음에 여기가 대체 어디인지 의아해하듯 눈동자를 움직였지만, 곧바로 나를 알아보았는지 한순간 눈을 휘둥그레 떴다. 그리고 내 얼굴을 물끄러미 바라보는가 싶더니, 곧이어 소리 내어 웃기 시작했다.

"왜 그래?"

"누군가 했네. 당신이었어."

"구급차에 실려 갔다고 해서 놀라서 정신없이 달려왔어."

"정말로 많이 놀라긴 했나 보네."

당연하지 않느냐고 대답하는 동안에도 사요코는 내 얼굴을 쳐다보며 애써 웃음을 참았다.

"왜 그래, 약 때문이야?"

"당신 때문이야."

"그게 무슨 소리야?"

"당신, 전철 타고 왔어?"

"택시 탔어. 이미 막차 시간은 지났어. 아니, 그보다 내가 탔던 전철이 인사사고로 늦어지는 바람에 통조림 신세가 됐지. 그래서 당신한테 전화 온 것도 몰랐고."

"다행이네."

"뭐가 다행이야? 택시 승강장이 너무 붐벼서 빈 차 잡느라고 얼마나 고생했는지 알아?"

"전화기 있어?"

"어어, 병원이라 진동으로 해놨지만."

사요코가 스마트폰의 카메라 기능을 작동시켰다. 고요한 병실에 셔터 소리가 울려 퍼졌다.

"이것 좀 봐."

으윽……. 한순간 절망적인 기분에 사로잡혔다. 이쪽으로 내민 화면에, 화장한 얼굴에 양복을 차려입은 모습이 찍혀 있었기 때문이다.

"어, 으음, 그게 말이지, 회사 회식 자리에서 벌칙 게임으로……."

"그래? K역에 들렀던 게 아니고?"

"알고 있었어?"

"응."

"어떻게 알았지?"

"언제였더라, 당신이 내 컴퓨터로 정수기 필터 주문한 적 있지?"

작년 연말 무렵의 이야기다.

"그다음에 내가 똑같은 통신판매 사이트를 봤는데, 추천 코너에 낯선 물건들이 올라와 있는 거야. 속옷이니 구두니. 그건 보통 기존 구매 내역에 따라 추천 상품들이 올라오잖아. 이상하다 싶어서 내역을 봤더니 역시 그런 물건들을 샀더라고. 어머, 이상하네 하며 자세히 봤더니 당신 ID로 로그인된 상태였어. 배송지로 등록된 주소가 K역 근처라 아하 그렇구나, 감 잡았지.”

“사토의 본가 건물이야.”

“맞지? 예전에 모두 모여서 자주 마시고 했던 곳이잖아.”

“맞아.”

“당신이랑 사토 씨는 학교 축제 때도 여장했잖아.”

“그때 옷을 빌렸던 사람이 당신이고, 그 계기로 우리가 사귀게 됐지.”

“그때 두 사람 다 엄청 즐거워 보였고, 이러다 버릇되는 거 아니냐고 했잖아.”

“그렇게 일찍부터 들켰나?”

“뭐 하긴, 처음 알았을 때는 상당한 충격이긴 했지.”

“미안해.”

“물론 남한테 떳떳하게 터놓을 수 없는 취미인 건 분명하지만, 카메라 목에 걸고 주말마다 촬영하러 나가버려서 가족과는 전혀 시간을 보내지 않는 카메라 마니아 같은 사람보다야 훨씬 낫지.”

이런저런 변명을 해보려고 머리를 굴리고 있는데, 간호사가 들어왔다.

"도키타 씨, 10분 후쯤 담당 의사 선생님이 설명하러 오실 테니, 잠시만 더 기다려주세요."

간호사는 멀찍이 서서 그 말만 하고, 곧바로 사라졌다.

발소리가 멀어지자 사요코가 말했다.

"있잖아, 그렇게 정신없이 부랴부랴 달려올 줄은 몰랐어. 사실은 굉장히 기뻐."

부드럽게 미소 짓는 표정을 봐서는 이제 통증은 가라앉은 듯했다. 아니, 오히려 난처해하는 나에게 마음을 써주었다.

"깜짝 놀랐지만, 큰일은 없어서 다행이야."

"눈을 떴는데, 눈앞에 화장한 남편이 있어서 엄청 놀랐거든."

"미안해."

"의사 선생님 오시기 전에 일단 그 화장부터 지우는 게 좋겠지?"

"나도 그렇게 생각해."

"이 안에서 어떤 걸 쓰는지는 알지?"

아내가 머리맡에 있는 자기 화장품 파우치를 건네주었다.

제2화

브레이크 포인트

역도 아닌 곳에서 전철이 갑자기 멈췄다.

차장의 안내방송이 흘러나오고, 마지막에는 미세한 소음과 함께 끊겼다.

하루가 끝난 이 시간의 전철 안, 옷이나 몸에서 피어오르는 타인의 체취를 맡지 않으려고 필요한 최소한으로만 호흡하던 사람들이 방송에 귀를 쫑긋 세우는 아주 짧은 순간만큼만 숨을 멈췄다 이내 일제히 내뿜었다.

역시나…… 지친 몸에 채찍을 후려치는 재난이 엄습했다.

평소와는 다른 장소에서 천천히 속도를 낮추기 시작했을 때부터 예감이 안 좋았다. 만약 전철이 늦어져 다음 역에서 환승 시간을 못 맞추면, 집까지 5~6킬로미터 길을 걸어가야 한다. 걷기로 작정하면 못 걸을 건 없는 거리다. 지금 타고 있는 차량은 플랫폼에 도착하여 개찰구로 향하기가 상당히 불리한 위치라서 역 앞 택시 승강장에 도착했을 무렵에는 이미 긴 행렬이 늘어서 있을 게 틀림없다.

언제였던가, 폭설이 내린 날 40분이나 기다려도 줄은 거의 줄어들지 않았다. 그때만큼은 아니더라도 눈 깜짝할 사이에 스무 명, 삼십 명이 줄을 이루어 택시를 기다리게 되겠지.

택시를 타면 10분 거리인데, 조바심을 내며 줄을 설 바에는 차라리 집까지 걸어가자. 그렇게 마음먹었다.

"수고하셨습니다."

가타야마 다카시가 등 뒤로 부하직원의 인사를 들으며 사무실에서 나왔을 때, 개발부에는 아직 세 사람이 남아 있었다.

"난 이만 들어갈게."

개발 안건의 납기가 2주 후로 다가왔다. 그러나 아무리 고민해봐도 앞으로 두 달은 더 걸릴 것이다.

직원이 여덟 명인 작은 IT기업. 벤처기업이라고 부르면 듣기는 좋다. 창업한 지 3년. 요컨대 영세기업이다. 늦어진 프로젝트를 만회할 만한 기초 체력이 없는 조직이다.

　상장 기업에서 톱클래스 기술자였던 사장은 늘 자기랑 능력이 같은 인간이 여덟 명 있다는 전제로 납기와 작업 일정을 잡는다. 이름도 없는 작은 회사로 모여드는 인재는 나를 포함해서 능력이 다 빤하다. 열심히 노력하면 어떻게든 해결되는 범위에 포함되지 않는다. 이 프로젝트는 애당초 무리한 일정이었던 것이다.

　"무작정 독려한다고 가능한 일이 아닙니다."

　어제 오후, 사장에게 따지고 들었다. 사장도 요즘에는 늦은 밤까지 개발부에 합류해서 작업에 참여한다. 사장을 제외한 나머지 직원들의 평균연령은 서른한 살. 사상은 마흔두 살이다. 최고 연장자는 은행에서 퇴직하고 관리 부문으로 들어온 예순다섯 살의 관리부장이 있지만, 정규직은 아니다.

　"알아."

　회의실이라고 부르는 셀프서비스 커피숍의 맞은편 자리에 앉은 사장이 말했다.

　"그럼, 어떻게든 해주셔야죠."

　"어떻게 하면 좋을 것 같나?"

　"그걸 생각해내는 게 사장님의 일 아닌가요?"

"맞는 말이야. 그런데 손쓸 방법이 없어."

간단하게 받아쳤다.

"두 사람만 더 있으면, 한 달 연기하는 선에서 어떻게든 맞출 수 있을 것 같은데요."

"두 사람을 더 채용해도 한 달 이상 걸린다고?"

"왜 지금까지 방법을 강구하지 않으셨죠?"

"할 수가 없었어. 노력해봤지만 어쩔 수가 없었지. 인재 파견 회사에서는 경기가 상승 기미라 대기업에서 중도채용을 시작했기 때문이라고 하더군. 헬로워크(일본의 공공 직업 안정소 - 옮긴이) 담당자 의견도 마찬가지였고."

헬로워크까지 구인 광고를 낸 줄은 몰랐다.

"석 달 전에 올린 구인 광고에 응모가 제로야. 가타야마 씨가 와줬을 때는, 한 달 사이에 응모자가 세 명이나 있어서 마지막으로 가장 우수한 자네를 고를 수 있었지."

기분이 나쁘지는 않았다. 사장에게 우수하다고 인정받는 게 기뻤다. 그러나 당장 코앞에 닥친 문제는 그게 아니다.

사장은 성실한 사람이지만, 동시에 남을 기쁘게 해주는 재주도 탁월하다. 그래서 직원들은 열심히 일하고 만다. 거래처의 평판도 좋고, 이번 프로젝트도 경합했던 타사보다 견적이 높았는데도 우리를 선택해줬다는 얘기를 들었다.

"급여를 좀 더 주면 되잖습니까?"

낯간지러운 말을 들은 탓인지, 반론할 말을 찾는 데 시간이 꽤 걸리고 말았다.

"현실은 생각보다 좀 어려워. 20퍼센트 상승은 했어도 큰 기업에는 비할 바가 못 돼. 마음은 이해해. 불경기란 걸 다 같이 체험하고 있으니까."

"파견 엔지니어도 있잖아요."

"면접은 보는 중인데."

"잘 안 풀리나요?"

"대화 도중에 전문용이 늘어놓는 게 유일한 특기야. 조금만 파고들면, 실력 없는 게 금방 드러나지. 최소한 계약할 때까지만 속일 능력이라도 있으면 다행인데 말이야."

"그렇군요."

"중도채용이든 파견이든 경기가 조금만 풀리면 대기업이 득달같이 쓸 만한 사람만 쏙쏙 뽑아간단 말이지."

찌꺼기만 남았다는 뜻인가요? 하마터면 그렇게 말할 뻔하다가 간신히 삼켰다. 정규직 채용에는 그런 찌꺼기조차 응모하지 않는다는 말을 방금 들은 참이었다. 입 밖으로 내버리면 기분만 더 비참해진다.

"그럼, 거래처에 납기를 미뤄달라고 해보세요. 아무 말도 없다가 마감일이 닥쳐서 못 맞춘다고 하면, 거래처에 피해가 될 테니까."

"그것도 한 가지 문제지."

"그럼⋯⋯."

"문제는 두 가지야. 하나는 거래처 담당자가 임원 회의에 불려가서 납기일을 분명하게 명시했고, 그래서 다른 부문에서도 움직이기 시작한 모양이야."

누가 얘기를 들을지 모르는 회의실을 자주 사용하다 보면, 고유명사를 안 꺼내는 대화에 익숙해진다.

"그렇다면 더더욱."

"기한을 못 지키면, 담당자가 잘려. 사업부장 클래스까지 자리가 위태로워질지도 모르고."

"그렇게 중요한 프로젝트를 우리 회사 같은 데 발주하다니⋯⋯."

무심코 자학적인 표현이 나오고 말았다.

"우리 기술이 뛰어나니까."

사장의 말투는 자긍심으로 넘쳐났다. 분명 똑같은 상황을 공유하고 있는데도.

"시간을 못 맞추면 기술이 없는 거나 다름없어요. 완성돼야 비로소 기술의 우수성이 드러나니까."

"그렇지. 그러니까 더더욱 시간을 맞춰야지."

이 사람은 뿌리부터 벤처기업인이다. 뒤를 돌아보려 하지 않는다. 하지만 이제 와서 그걸 알았다 한들 문제 해결에는 아무런 도움도 되지 않는다.

"글쎄, 지금 그게 무리라고 말씀드리는 거 아닙니까."

"그건 그렇고, 다른 한 가지 문제에 관해서 얘기해도 될까?"

"아, 네."

"납기에 맞춰주면, 2주일 안에 검수檢收해주기로 했네."

검수란 납품한 시스템이 정해진 사양대로 작동하는지 고객이 검사해서 확인하는 작업을 뜻한다. 복잡한 시스템이면 그 과정에만 몇 개월이 걸리는 경우도 드물지 않다.

"네. 첫 회의에서 프로젝트 일정을 써냈을 때, 조금 놀랐습니다. 고객 측에서 굉장히 서두르는 것 같고, 수많은 인원도 투입할 계획이구나 싶어서."

"그렇지?"

사장이 이쪽 표정을 살폈다.

"비용 지불은 검수 후 한 달. 요컨대 예정대로라면 2월 중 순에는 정산을 해주겠지."

수주 총액은 알고 있다. 8,700만 엔. 지불과 관련된 얘기는 처음 듣지만, 왜 이 얘기가 '다른 한 가지 문제'로 거론되는지 이해할 수 없었다.

"이런 얘기를 직원에게 하는 건 바람직하지 않겠지만."

그렇게 말문을 연 사장의 얼굴에 그늘이 드리워졌다. 공격 성의 결정체 같은, 태풍이 불고 비바람이 휘몰아쳐도 얼굴을 돌리지 않을 것 같은 사람인데.

"가타야마 씨는 프로젝트 리더니까 알아뒀으면 해서 하는 얘긴데."

사장이 그쯤에서 또다시 뜸을 들였다.

처음으로 내비치는 사장의 망설임 같은 기색에 가타야마 다카시는 적잖이 당혹스러웠다. 그다음 얘기는 들으면 안 된 다는 알람 소리가 머릿속에서 울려 퍼졌다.

사장은 좀처럼 입을 열지 못했다.

"우리 회사가 지난번 수금을 언제 했는지 기억하겠지?"

"여름이죠. 7월. 야외 비어가든에서 축하 파티를 했잖아 요. 장마가 끝난 다음 날이라 해님의 축복을 받았느니 어쩌느니 떠들어댔고, 오랜만에 정시에 마쳤더니 밖은 아직 밝아서 한껏 들떴는데 갑자기 또 소나기가 퍼부어서 눈 깜짝할 새에 물에 빠진 생쥐 꼴이 됐죠. 비가 그칠 때까지 기다리자며 들어간 노래방에서 실내 냉방을 빵빵하게 틀고, 다들 젖은 옷을 입은 채로 말리고……."

"그래그래, 밝은 시간에 회사에서 나간다는 것만으로도 마냥 기쁘다며 다들 들떴던 그날이지."

밝게 얘기하는 가타야마에게 사장도 미소를 지어 보였다.

꼬리를 무는 잔업 끝에 마침내 완성해낸 프로젝트, 정시 퇴근, 만성적인 수면 부족 상태인 머리로 마시는 환한 오후의 맥주, 꼬치구이 냄새, 거나하게 취한 귓가에 어렴풋하게 들려오는 먼 천둥소리. 급격하게 떨어진 기온, 습한 공기, 그리고 갑작스러운 벼락 소리, 굵은 빗방울, 일상으로부터의 해방.

소나기를 만났던 것조차 좋은 추억으로 남았다.

프로젝트가 막바지로 접어들면, 철야를 계속하면서도 우리 회사는 블랙기업이니 뭐니 자학적인 잡담을 주고받는 일상이었다.

그래도 시스템을 완성해냈을 때의 해방감은 각별해서 두

툼한 최종 기능사양서와 검사사양서가 레이저프린터 출구로 쏟아져 나오는 모습을 보며 드디어 정상에 도달했다고 절절히 실감하곤 했다. 그런 보람이 있기에 엔지니어 생활을 이어갈 수 있었다.

"결과를 낼 때까지 한 고생을 생각하면, 소나기를 맞는 정도야 오히려 상쾌한 기분이 드니까요."

사장이 자기를 믿음직스러운 눈길로 바라보는 걸 느낄 수 있었다.

일의 성과는 물론이고 다 함께 고생해서 이뤄냈다는 일체감도 감미로웠다.

"그 후로 그럭저럭 반년이 지났군."

"그렇군요."

"최근 반년 동안 새로운 시스템에 대한 수금은 없었어. 지난번 프로젝트가 끝나고, 직원들이 거의 다 먼저 시작됐던 이번 프로젝트에 합류했으니까."

그쯤에서 사장이 몸을 내밀며 목소리를 낮췄다.

"그래서 말인데, 운용하고 있는 고객 시스템의 보수료는 들어오지만 9월 이후로 이렇다 할 입금이 없다는 거야."

"무슨 의미인지 모르겠습니다."

"난 가타야마 씨를 믿어. 앞으로 이 회사가 커지면, 중요한 부분을 맡아줄 사람이라고 여기고 있어. 그래서 경영과 관련된 얘기를 하기로 했지."

좋은 얘기는 아니라는 걸 직감했다. 그러나 얘기하지 말아 달라고 거절할 수도 없었다.

"마감일에 맞춰서 시스템을 납품하지 못하면, 2개월 급여를 못 주게 돼."

가게의 BGM 소리가 멀어졌다.

수영장에서 귀에 물이 들어갔을 때처럼 모든 소리가 멀어지고, 그 대신 머릿속에서 떵하고 울리는 듯한 소리가 들려왔다. 필사적으로 눈을 계속 깜박거리며 그것을 떨쳐내려 했다.

사장은 가타야마를 물끄러미 쳐다보고 있었다.

반응을 확인하고, 역시나 하는 기색으로 미안해하는 표정을 지었다.

"그래서 저더러 어쩌라는 거죠? 급여는 안 줘도 괜찮다고 해야 하나요?"

"아니지. 물론 그런 의도는 아니야. 그냥 상황을 공유하고 싶었을 뿐이야."

상황을 공유한다? 이번에는 가타야마가 말문이 막혔다.

뭘 어떻게 해석해야 좋을지 알 수가 없었다.

"미안해. 역시 말하는 게 아니었어. 미안하게 됐네. 이건 어디까지나 사장인 내 문제야. 지금 얘기는 잊어주게."

사장이 고개를 숙였다. 가타야마가 받아치려던 말을 사장이 먼저 자기 입으로 말했다. 점점 더 대화를 이어갈 수 없게 되었다.

잊어주게. 말은 그렇게 해도 이미 들어버린 것을 내가 편한 대로 골라서 삭제해버릴 수는 없는 노릇이다.

"어쨌든 납기일에 맞춰서 개발을 마치는 건 절대 불가능해요. 어떻게든 다른 방법을 강구해주세요."

시간을 들인 만큼 단호하게 그렇게 말할 수 있었다.

급여는 늦어져도 되니까. 순간적으로 그렇게 말할 뻔했다. 농담이 아니다. 생활에 여유가 있을 리 없다. 예금통장 잔액을 떠올려보았다. 신용카드 결제도 기다리고 있다. 급여가 늦어지면 정말 곤란하다.

팀 멤버들의 얼굴이 떠올랐다.

사토는 신혼 7개월째다. 아내 배 속에는 첫아기가 있다. 독신인 아이다는 30만 엔짜리 깁슨 기타를 구입해서 요즘은 도시락을 싸오는 형편이다. 매달 할부금 결제에 쫓기는 신세다. 낮에는 도시락으로 버티지만, 늦게까지 회사에 있으면 야식비가 들잖아. 딱히 누구에게랄 것도 없이 그렇게 중얼거렸다. 소고기덮밥을 먹을 거면 샐러드라도 같이 먹으라고 했더니, 토마토를 사다 소금을 뿌려서 통째로 베어 먹었다.

"이게 가성비가 좋거든."

그 후로 개발부에서는 토마토나 오이를 생으로 먹는 유행이 시작되었다.

그 상황을 보고만 있을 수는 없어서 "그럼, 내가 소금은 한 턱 쏘지"라며 통신판매 사이트에서 브랜드 소금을 주문해서 회사에 비치했다. 시마다 마리가 작은 병에 1,500엔이나 한다는 올리브유와, 가격은 안 물어봤지만 역시나 비싸 보이는 발사믹 식초를 갖춰놓았다. 포나페 섬에서 생산된다는 특별히 향이 좋은 후추와 그것을 가는 그라인더도 갖춰졌다. 100엔숍에서 산 칼로 자르면 맛이 없다면서 어느새 토마토를 자르는 칼도 헹켈로 바뀌어 있었다. 메인 디시는 체인점 소고기덮밥이나 편의점 도시락이지만, 샐러드만은 최고급이 되었다.

좋은 팀이다.

기술자로서의 능력은 고르지 않다. 그러나 다들 긍정적이다. 눈앞에 닥친 곤란에서 도망치려 하지 않는다. 폐쇄감이

드는 만성적인 장시간 노동 속에서도 자잘한 즐거움을 찾아내며 위기를 극복하려 애쓴다. 이렇게 좋은 동료들과 일할 수 있다는 것은 오히려 행복이다.

이런저런 생각을 떠올리는 동안, 사장은 줄곧 가타야마의 얼굴을 들여다보고 있었다.

"개발부 동료들에게 자금 압박 문제는 말 안 할 겁니다."

"어어, 그렇게 해주게. 자네에게도 말하는 게 아니었어. 이건 완전히 내 실수야."

"네. 저 혼자 묻어두겠습니다."

사장은 입으로 천천히 숨을 토해냈다. 최근에 보지 못한 편안한 표정이었다. 언제였을까, 은퇴한 씨름선수가 상투를 풀고 인터뷰에 응했을 때, 잔뜩 긴장했던 상태에서 해방된 그 표정이 그때까지와는 전혀 달랐던 모습이 떠올랐다. 사장은 지금 누군가에게 속내를 털어놓을 수밖에 없었던 것이다. 그 상대로 선택되어버린 것이다.

"다들 피곤이 절정에 달했겠지."

그 후 사장은 팀 멤버들의 건강 상태를 한 사람 한 사람 확인했다. 놀랍게도 항상 가까이에서 생활하는 가타야마의 판단과 완전히 똑같은 관찰안으로 개발부 직원들의 상황을 파악하고 있었다.

확인하면 할수록 직원들이 분투하는 노고가 새삼 절절히 와 닿았다.

집에 못 가니까 빨랫감이 쌓여서 어쩌다 얻은 휴일도 세탁 하느라 하루를 다 허비해버린다. 비가 오면 널어둔 옷이 젖 어서 헛일이 되어버리기 때문에 집 세탁기로 빤 옷들을 가까 운 코인빨래방까지 들고 가서, 비치된 둥근 의자에 앉아 건 조가 끝날 때까지 시간을 보내는 휴일이다.

익숙지 않은 사람은 끝날 동안 그 자리를 비울 용기를 내 기 힘들다고 시마다 마리가 말했다. 남자인 자기도 저항감이 있었다. 젊은 여성이면 훨씬 더하겠지.

독신자는 물론이고, 기혼자도 다들 맞벌이라 집에 돌아가 자기 손으로 요리할 기력이 없다면서 어떤 사람은 샐러드를 맘껏 먹을 수 있는 스테이크 가게에서 야채를 몇 접시나 배 속에 밀어 넣었고, 또 어떤 사람은 회전초밥가게에 가서 성 게, 연어알, 다랑어뱃살 등등 평소에는 손을 못 대는 비싼 접 시만 주문해서 인생에 활기를 북돋우곤 했다. 그러면서도 야 채가 부족하면 안 된다며 집으로 돌아가는 길에 야채주스 페 트병을 산다.

가타야마는 사장과 얘기를 나누면서 차츰 힘이 빠졌다.

큰맘 먹고 화를 내려고 사장에게 대화를 신청했건만, 커피 한 잔에 200엔 하는 카페 한구석에서 목소리를 낮추고 회의를 하고 있었다.

주식회사 스매시 시스템즈.

강하게 밀고 나가겠다는 이름을 가진 회사가 출구 없는 곤경에 처했다.

사장에게 타개책을 강구해달라는 의견을 전하러 왔는데, 오히려 회사가 처한 어려운 현실을 알고 말았다. 어떻게든 해달라고 애원하고 싶어도 눈앞에 있는 사장은 직원을 잘 살피는 품성을 갖춘 사람이라 얘기를 하면 할수록 사태 타개가 어렵다는, 알고 싶지도 않은 사실, 하고 싶지 않았던 이해를 하게 되고 만다.

어떻게 하면 좋을지 알 수가 없었다.

"좋은 생각이 떠올랐어."

사장이 웃는 표정을 지었다.

"내일모레 수요일, 개발부는 전원 쉽시다."

잘못 들은 줄 알았다.

"쉬라는 업무 명령을 내리는 거네. 내일 당장 쉬라고 할 순

없으니까. 오늘 지금부터면 내일은 휴일을 전제로 어디까지 진척될지, 자네가 판단해서 앞장서주게."

"하지만……."

"남은 기간 2주로는 절대 불가능하다, 앞으로 두 달은 더 걸린다. 자네가 그랬잖나."

"분명 그랬죠."

"지금 상태로는 두 달 후까지 몸과 마음이 버텨낼 수 있을 것 같지 않아. 이쯤에서 하루 쉰다고 해봐야 하루 차이밖에 안 나. 두 달 중에 하루면 2퍼센트도 안 돼. 오차 범위잖아."

"그렇지만 그런 하루하루를 쌓아가는 게 중요한데."

"이봐, 가타야마."

"네."

"그건 사장이 할 대사야. 자네는 현장 책임자잖아. 부하직원 걱정부터 해야지."

"걱정합니다. 그러니까 오늘도 이렇게……."

"알아."

사장이 온화하게 웃었다. 웃으며 이쪽을 바라보았다. 그 웃는 얼굴을 보고 있으니 이쪽도 힘이 스르륵 빠져나갔다. 얼굴 근육이 풀어지는 느낌이 들었다. 자기 어깨를 움츠려

보였다. 어깨를 툭 떨어뜨리자 마음이 가벼워졌다.

사장은 눈짓으로만 '알았지?'라고 말했다.

사무실로 돌아온 가타야마는 곧바로 직원들을 불러 모았다.

밤샘 근무로 새벽까지 일한 곤도만 오전 중에 귀가해서 지금 있는 사람은 자기를 포함해 총 다섯 명이었다.

"내일모레, 사장님 명령으로 개발부는 전원 휴일이다."

"그게 무슨 소리예요?"

"늦어진 납기를 하루라도 만회하려고 죽어라 일하는 중인데."

"어제도 왜 철야를 했겠어요."

저마다 놀라움과 불만을 쏟아냈다.

"완성까지는 두 달이 더 걸려. 지금 페이스로는 계속할 수 없잖아."

그렇게 말하자 조용해졌다.

모두 똑같이 느끼고 있었던 것이다. 자기 자신뿐만 아니라 동료들의 상황도 서로서로 잘 알고 있었다.

화장실에서 기침을 하면, 내 자리로 돌아왔을 때 괜찮으냐고 묻는다. 탄력을 잃은 피부, 눈 주위의 다크서클, 흐트러진 머리, 서로서로 걱정한다. 그와 동시에 실제로 자기가 어떻게 보일지도 신경 쓴다. 지쳤어 하고 소리 내어 말하고 싶을 만큼 피로를 실감했을 때, 화장실 거울 속의 자기 모습을 물끄러미 바라보는 시간이 늘어난다.

뺨이 움푹 꺼졌나? 등은 구부정하지 않나?

조용히 들여다보는 거울 속의 내 모습.

사장의 제안으로 지난주부터 화장실 형광등이 푸르스름한 주광색에서 전구색 조명으로 바뀌었다.

사장도 피곤에 지친 자기 모습에 충격을 받았다고 한다.

"아무튼 내일모레 개발부는 쉬는 게 업무다. 알았지?"

이해가 안 된다는 듯한 표정이 남았다. 그러나 다들 고개를 위아래로 끄덕였다.

어쨌든 깨어 있는 시간 중 거의 대부분을 함께 보내는 셈이다. 보통은 가족하고도 이렇게 오랜 시간을 같은 공간에서 함께 지낼 수 없다.

장시간 회사에서 지내는 생활이 당연해졌다. 아마 팀원 누구에게도 '싫지만 어쩔 수 없이 하는 일'은 아닐 거라 생각한다. 그렇긴 하지만, 그건 언젠가 끝난다는 가정하에 가능한 일이지, 지금 상태가 이대로 좋다고 여기는 사람은 한 사람도 없을 게 틀림없다.

"이 회의에서는 일단 브레이크 포인트를 정합시다."

브레이크 포인트라는 말은 소프트웨어 개발 과정에서 점검을 위해 의도적으로 실행 중인 프로그램을 일시 정지시키는 지점을 뜻한다. 거기서 밖으로 드러나지 않은 내부의 변수를 조사하거나, 올바로 작동하는지 아닌지 쉽게 조사할 수 있는 상태를 만든다.

"휴일을 앞두고, 오늘은 중단하기 쉽고 재시작이 쉬운 지점을 찾아낸다. 그리고 내일은 브레이크 포인트까지 작업을 진행한다. 자기 담당 범위가 거기까지 진척된 사람은 그때부터 바로 휴식이라는 업무로 임무를 전환한다."

브레이크 포인트라는 말이 내일모레 하루 쉬는 것과 그 지점을 어디로 삼을지를 고민하는 문제와 딱 들어맞는 용어라서 개발부 전원이 그 한마디에 휴일의 당위성을 이해했다.

멤버들의 표정이 순식간에 밝아졌다.

바로 눈앞에 달성 가능한 목표가 제시되었고, 그것을 달성하면 뜻밖에 손에 들어오는 휴일이 기다리고 있다.

"자, 내일 하루 열심히 해봅시다."

아자! 알겠어요. 믿고 맡기세요. 이해 완료!

저마다 익살을 떨며 각자의 단말기 앞으로 돌아갔다.

회의실에 모일 때의 지친 발걸음과 자기 자리로 돌아갈 때의 경쾌함이 너무 달라서 가타야마 다카시는 웃음을 참을 수 없었다. 마치 사무실에 마법의 스프레이를 뿌린 것처럼 모두가 활기를 되찾았다.

그날 밤에도 회사에서 밤을 새우는 직원이 있었다. 가타야마도 그중 한 사람이었다.

하룻밤을 새운 다음 날 오전 11시 전, 밤샘 그룹 중 한 사람인 시게미쓰가 귀가했다.

"브레이크 포인트까지 무사히 도착했습니다. 먼저 쉬러 들어가겠습니다."

그래. 그럼 됐어.

가타야마는 듬직한 부하직원의 뒷모습을 졸린 눈을 부릅뜨며 배웅했다.

"시게 씨한테 추월당했네."

교대하듯 시간차 출근한 아이다가 사무실 안으로 들어왔다.

"자 그럼, 날짜가 바뀌기 전에 매듭을 지어야지."

그는 평소처럼 혼자 커피를 탄 후, 숟가락으로 휘저으며 자리에 앉았다.

가타야마는 머리가 맑았다.

최소한 그렇게 느껴졌다. 마치 귀가 어두워진 것처럼 주위에서 나누는 얘기 소리도, 창밖의 잡음도 신경 쓰이지 않았다.

날마다 바뀌는 설명서를 업데이트했다. 도중에 동작상의 모순점이 몇 개 드러나서 사내 네트워크를 통해 담당자 앞으로 설명 변경 메시지를 기록했다. 개정된 설계 설명서 데이터도 업로드했다.

누구랄 것도 없이 이따금 혼잣말을 중얼거리는 소리가 들리곤 했다.

아무도 그 말에 응하지 않을 때가 있는가 하면, 반응할 때도 있다. 그럴 때도 얼굴은 하나같이 눈앞의 컴퓨터 화면을 향하고 있다.

개발 작업 과정의 대부분은 좀 더 신중하고 정밀하게 완성도를 높이는 부분이라 시스템 사양이 결정되면, 그것을 기계적으로 프로그램 코드로 전환해가거나 다양한 변수 표를 만들거나 하는, 기계는 불가능하지만 인간에게는 기계적인 작업이 대부분을 차지한다. 그런 부분에서는 틀리지 않을 정도만 신경 쓰고, 정말로 중요한 부분에서 집중력을 최대한 발휘한다.

사토는 한 시간쯤 전부터 이어폰을 귀에 꽂았다.

됐어! 엇, 아니네. 이쪽이었어.

혼잣말과 가볍게 키보드를 두드리는 소리가 겹쳐졌다.

사무실에 있으면, 지금 이 순간 누가 '막바지'에 접어들었고, 누가 '막간'에 있는지 느껴진다.

따뜻한 공감. 애매한 연대감.

어떤 태스크든 완성됐을 때 그것을 아는 것은 코딩한 사람뿐이다. 그런데 그 중요한 부분이 별로 시간을 두지 않고 사내 개발 시스템상에서 검증되고 공유되어간다. 대부분의 경우는 같은 공간에 있으면서도 혹은 출근 시간 차이로 같은 시각에 그 자리에 없었다고 해도, 서로에게 한마디도 하지 않고 서로서로 업무 진척 상황을 알 수 있다. 개발을 위한 이 시스템이야말로 우리 회사가 갖고 있는 기술의 우위성이다.

오늘은 특히 대화가 적었다.

모두 다 오늘의 도달점을 향해 긴장감 있게 업무에 임했다.

가타야마 다카시는 프로젝트 리더로서 전체에 필요한 도큐먼트를 정리했다. 현재, 공백으로 남아 있는 부분은 각각의 담당자가 오늘 업무를 종료시키면 네트워크상에서 채워질 것이다.

"좋아. 오늘 그릇은 준비됐어."

가타야마가 직원들에 대한 고지告知도 혼잣말도 아닌 말투로 중얼거렸다.

"가타야마 팀장님, 휴일이 코앞으로 다가오네요~."

시마다 마리가 이쪽을 힐끗 쳐다보며 말했다.

"끝났습니다."

평소 과묵한 곤도가 웬일로 큰 목소리로 말했다.

"좋아. 들어가서 푹 쉬어."

DVD나 왕창 빌려갈까. 휴일이라도 눈 좀 쉬게 해줘라.

그런 대화를 주고받으며 곤도를 배웅했다.

갑자기 피로를 느낀 가타야마는 자리에서 일어나 사무실 한쪽 구석에 있는 냉장고에서 야채주스를 꺼내 컵에 따랐다. 전기포트 옆에 사장이 사다놓은 열 개들이 영양음료 상자가 있었다. 어느새 두 병이 사라졌다. 그리로 손을 뻗으려다 마음을 접었다.

오늘은 피곤에 지쳐도 상관없다.

피곤해도 된다.

머릿속에 떠오른 말이 우스꽝스럽게 느껴졌다. 일을 하면 피곤하다. 그것은 몸과 마음의 섭리인데, 항상 피곤하지 않으려고 애쓴다. 그런 생각이 습관으로 굳었다. 참 이상하다는 생각이 들었다. 자기 자신뿐만 아니라 부하직원들을 위해서라도 피곤한 모습을 안 보이려고 늘 조심했다. 그것이 가능할 때나 가능하지 않을 때나.

아아, 지쳤다.

피곤을 실감했다. 그리고 피곤한 자신을 고무시킬 필요가 없다는 사실, 단지 그것만으로도 마음이 이토록 편안해지는 줄 처음 알았다.

지금 이 순간까지는 모두가 브레이크 포인트에 도달할 때까지 자기만이라도 사무실에 남을 생각이었다. 그런데 퇴근하기로 결심했다.

솔선해서 보여줘야 할 태도는 늦게까지 여기 남아 있는 게 아니라 적당한 때에 마무리를 짓고 회사를 떠나는 것이다.

"앞으로 얼마나 남았어?"

모두 들을 수 있는 목소리로 물었다. 이어폰을 낀 사토에게도 들릴 수 있게 큰 목소리로 말했다.

"조금만 더 하면 돼요."

아이다가 대답했다.

"'조금만 더'라고 하면 못 알아듣지. 보고는 정확하게 해줘."

"그건 그러네요. 으음, 두 시간 정도."

"결국 날짜가 바뀌네."

"안타깝지만."

"시마다는 어때?"

"저도 두 시간."

"저는 앞으로 30분 정도면 끝나요."

사토가 말했다.

"그럼, 새벽 1시에는 다들 휴일에 들어갈 수 있겠군. 예정보다 한 시간 늘어지겠지만, 오차 범위야. 잘했어, 수고했어."

이쪽을 바라보는 세 사람의 표정이 밝았다.

"열심히 해. 난 이만 들어갈게."

사무실에서 나왔을 때는 분명 활기가 있었다.

그런데 만원인 하행 전철에 올라 얼마쯤 지나자 갑자기 피로가 몰려왔다.

그 상황에서 급정차로 다시 타격을 입었고, 지금은 언제 다시 움직일지 가늠조차 못한 채 조용히 손잡이에 매달려 있다.

앞으로 끌어안은 배낭이 걸려서 옴짝달싹도 할 수 없다. 회사에 쌓여 있던 빨랫감을 배낭에 몽땅 욱여넣었다. 양복이 아닌 게 천만다행이다. 방문객과 만날 때, 혹은 거래처로 외근 나갈 때를 대비해 양복 한 벌은 회사에 늘 비치해둔다. 재킷과 와이셔츠도 세탁소와 회사만 오갈 뿐, 집에는 돌아오지 않는다. 평소에는 출퇴근할 때나 업무 중일 때도 늘 편한 옷을 입는다. 집보다 회사에서 보내는 시간이 길어서 그러지 않으면 견뎌낼 재간이 없다.

"그게 말이여, 지금 전철이 멈춰버렸어."

보이지 않는 곳에서 여성이 전화 통화하는 소리가 들렸다. 간사이 억양을 들으니 마음이 편해졌다.

"이대로 여기서 죽을 순 없잖여. 근디 완전 콩나물시루여. 조금만 더 짓눌렸다간 머지않아 묵사발이 될 거여."

어디선가 크극 하고 웃는 소리가 들렸다.

"그렇다니께. 진짜로 이 전철로 묵사발을 만들면, 세상에서 제일 큰 묵사발이라 기네스북에 실릴 거여. 우리가 세계 최고여. 이런 걸로라도 세계 최고면 대단하잖여."

다른 쪽에서 남성이 기침하는 소리가 들렸다.

"아, 미안, 그만 끊어야겠어. 다른 사람한테 피해 되니께."

끊지 말고 계속해. 그래야 딴 데 정신이 팔려서 시름이 덜하지. 그런 말을 내뱉을 용기는 물론 없었다.

그렇지 않더라도 만약 그녀가 전화를 계속했다면, 기침했던 남성이 화를 내서 차 안은 훨씬 더 살벌한 분위기가 됐을지도 모른다.

만원 전철 안은 오래도록 침묵 상태가 계속되었다. 다들 시름이라도 좀 덜고 싶을 텐데, 즐겁게 대화하는 사람의 발목을 잡아 멈추게 만드는 사람의 심보는 대체 어떻게 생겨먹었을까. 세상에 행복한 사람이 한 명이라도 많은 게 좋다고 여기지 않고, 자기 뜻대로 안 되면 타인이 자기보다 나은 상황에 있는 걸 허락하지 못하는 관용 없는 사람들.

어랏. 공격적으로 변한 자기를 알아채고 아, 역시 많이 지쳤구나 하는 자각이 새삼 들었다.

이런, 이런.

기한을 맞추기가 불가능한 프로젝트는 여전히 눈앞에 있다.

사장에게 의견을 밝히고 난 이틀간, 자기를 포함해 부하직원들도 기운을 내서 피로감조차 잊고 지냈다.

그러나 회사를 벗어나 혼자 있는 지금, 또다시 의문이 되살아났다.

하루를 쉬기로 했지만, 사태는 전혀 개선된 게 없지 않은가. 납기는 코앞으로 다가왔고, 여전히 상정되는 완성 예정은 두 달 후다. 그런데도 이번 이틀간은 다 함께 의욕이 활활 불타올랐다. 마치 마법에라도 걸린 것 같았다.

마법이 풀리면, 우리가 타고 있던 번쩍번쩍 빛나던 마차는 한낱 호박 마차로 되돌아간다. 냉정하게 생각하면 그렇다. 그러나 이번 이틀 동안, 분명 모두가 힘이 넘쳤다. 일은 확실히 진전되었다. 그리고 분명 팀 멤버끼리 서로의 노고를 치하했고, 신뢰를 주고받는 느낌을 받았다.

나쁘지 않다. 나쁘지는 않지만, 문제가 해결되지는 않았다.

일 생각은 이제 그만하자. 나도 부하직원들도 자기 역할은 다 했다.

─오래 기다리셨습니다. 이 열차는 잠시 후 출발합니다.

남은 건 사장의 역할이다.

가타야마는 덜컹 하는 작은 충격과 함께 움직이기 시작한 차량에 몸을 맡겼다.

가까스로 환승역에 도착했을 때는 역시나 갈아탈 마지막 전철은 이미 출발한 후였다.

가타야마는 앞다퉈 급히 걸어가는 수많은 사람들에게 추월당하며 개찰구를 빠져나갔다.

택시 승강장의 줄은 마지막 버스가 끊겨 불이 꺼진 버스 정류장까지 기다랗게 이어져 있었다.

더는 아무런 도움도 안 되는 시계를 봤다.

0시 25분. '업무 명령에 따른 휴일'에 들어가 있었다.

문자 한 통이 와 있었다. 사토는 예정했던 데까지 업무를 마치고 귀가한다고 한다.

시마다와 아이다는 아직 일하는 모양이다.

어플리케이션으로 집까지 걸어가는 길을 확인했다. 5.2킬로미터, 소요 시간은 1시간 10분으로 표시되었다. 운동화에 카고팬츠, 위에는 보머재킷. 회사원으로는 안 보이는 복장 덕분에 걷기는 편하다.

"그래, 걸어가자."

소리 내어 혼잣말을 흘리고 가볍게 심호흡을 한 후 걸음을 내디뎠다.

다행히 춥지는 않았다. 팔을 조금 크게 흔들자 자연스럽게 보폭도 넓어졌다. 몸을 움직이는 실감이 느껴졌다. 역 앞 상점가 가게들은 거의 문을 닫았다.

비디오 대여점, 붉은 초롱을 내건 선술집, 사람 냄새가 풍기는 장소에서 장소로 깡충깡충 징검다리를 건너뛰는 느낌이었다. 가게가 사라지자 뺨에 부딪히는 공기가 차츰 냉랭해졌다.

차가 많이 다니는 큰길로 나서니, 인기척은 뚝 끊겼다.

묵묵히 걸어갔다. 집으로 돌아간다는 것도 잊고, 어느새 그냥 걷는 게 목적이 되어버린 시간이었다.

휘황찬란하게 조명이 밝혀진 장소가 나왔다.

멀리서 바라보는 보도가 그 빛을 반사시키며 밝게 빛났다. 가까이 다가갈수록 발밑이 차츰 밝아졌다.

발걸음을 멈춘 커다란 유리창 안쪽은 대낮처럼 훤했다.

아무도 없어 보였던 복싱 체육관 안에서 한 남자가 샌드백을 마주하고 있었다. 둥글게 만 등에서 땀이 번쩍거렸나. 짧은 머리칼은 흠뻑 젖어 있었다. 남자는 옆구리를 바짝 조이고, 글러브를 뺨에 모은 자세로 커다란 샌드백을 향해 죽어라 펀치를 날리고 있었다.

천장에 매달린 육중한 윤곽의 물체가 천천히 흔들렸다.

남자는 이따금 몸을 숙였다. 좌우로 돌아들며, 좌우 연타를 잇달아 날렸다. 물체는 남자의 펀치에 몇 센티미터 밀리긴 하지만 생기 없이 원래 지점까지 돌아왔고, 그 지점을 쓱 지나치며 복서를 향해 밀려들었다. 남자가 그것을 레프트 스트레이트로 받아쳤다.

다른 사람은 아무도 없었다.

쥐 죽은 듯 고요한 체육관에서 그 장소만 움직였고, 남자는 등에 땀을 번쩍거리며 곁눈질 한 번 하지 않고 둔중한 원통형 물체를 향해 죽어라 펀치를 날렸다.

남자는 천장에 매달린 샌드백에 인격을 부여한 것처럼 보였다.

그의 공격을 피해, 그의 사이드로 돌아들고, 바짝 덤벼드는 그와의 거리를 확보하듯이 후퇴하고, 그 위치에서 반격, 연타를 날리며 파고들었다.

그 모습을 물끄러미 바라보다 보니, 어느새 나에게도 남자가 마주한 샌드백이 진짜 인간처럼 보이기 시작했다.

그래, 오른쪽으로 돌아.

파고들어.

거기서 보디 어퍼컷.

권투를 해본 적은 없다. 열심히 텔레비전을 보는 팬도 아니다. 어릴 때 아버지가 적당히 잡아준 캐처미트를 향해 장난을 쳐봤을 뿐이다. 아버지 역시 소질이 있었을 리 없다. 당시의 나와 비슷한 또래였던 어린 시절에 소년원 출신의 주인공이 권투선수가 되는 만화를 읽었을 뿐일 것이다.

"자네도 해보겠나?"

난데없이 뒤에서 말을 건넸다.

돌아보니 운동복을 입은 남자가 서 있었다. 다박수염에 희끗희끗한 털이 섞여 있었다.

"엿봐서 죄송합니다. 길을 가는데 눈에 띄어서 그만."

"저 녀석 말이야, 내일모레 처음으로 링에 오르거든."

이 남자는 이 체육관의 관장일까?

다부진 체격이었다. 연령은 확실치 않았다. 얼굴에는 깊은 주름이 새겨져 있었다. 눈빛은 예리하지만, 검은 눈동자는 강아지처럼 맑았다.

"갑자기 말을 걸어서 깜짝 놀랐나? 바깥 청소라도 할까 싶어서 막 나온 참이야."

손에 든 빗자루와 쓰레받기를 살짝 들어 올렸다.

"이 시간에 청소를 하세요?"

"저 녀석이 혼자 있고 싶을 것 같아서. 그렇다고 안에 틀어박혀 있으면 내가 또 안정이 안 되거든."

다정한 말을 할 때, 사람의 표정은 다정해진다.

"어때, 자네도 해보겠나?"

상상도 못한 뜻밖의 권유였다.

그 사람이 말할 때까지 알아채지 못했다. 지금 자신은 무심히 샌드백을 마주하고 있는 남자를 부러워하고 있었다. 그것을 스스로 깨닫지 못했다.

"입회 권유는 아니야. 돈도 안 받아. 지금 잠깐 땀을 흘려보는 것도 좋지 않나 싶어서 그래. 얼굴빛이 안 좋은데 병이 난 것 같진 않군. 요즘에 운동은 거의 안 했지?"

"네, 정확히 맞히셨어요."

회사에서 자거나 집에 와도 지쳐서 쓰러지듯 침대로 파고들었다. 욕조에 몸을 담그지도 않고, 대충 샤워로 때웠다. 몸에 피가 순환되는 행동은 단 한 가지도 하지 않았다.

"땀 닦을 수건 정도는 빌려주지. 다른 사람도 없으니 복장은 팬티 한 장이면 되겠지."

"아니, 갈아입을 옷은 있습니다."

빨랫감이 담긴 배낭의 어깨끈을 움켜쥐며 대답했다.

페인트칠이 벗겨진 문을 밀고, 안으로 안내해준 체육관에서는 학교 체육관 냄새가 났다.

얼마나 많은 사람들이 제각각 어떤 심정을 안고 이곳에서 땀을 흘렸을까. 오히려 땀 냄새야말로 이곳을 신성한 장소로 만들어주는 것처럼 느껴졌다.

밖에서는 들리지 않았던 청년의 펀치 소리, 그리고 스텝을 밟을 때마다 바닥에 신발이 미끄러지는 소리가 에어컨 소리와 함께 인기척 없는 실내에 울려 퍼지고 있었다.

청년은 이쪽을 전혀 개의치 않는 것 같았다.

기계나 도구는 모두 말끔하게 정돈되어 있었다. 그 대신 게시물은 난잡해서 조항을 적어둔 주의 사항은 그때그때 덧붙였는지, 행마다 펠트펜의 굵기나 농도가 달랐다.

"사고가 나면 곤란하니까, 우선 이것부터 하지."

관장이 내민 것은 낡은 혈압측정기였다.

"위가 125, 아래가 88. 합격."

평소 혈압이 조금 낮은 자신치고는 높은 수치였다. 역시 스트레스를 받고 있는 듯하다.

관장이 이것만은 지키라며 부상을 안 당하게 주먹 쥐는 방법만 알려주었다. 나머지는 원하는 대로 하라는 말을 남기고 그 자리를 떠났다.

깜박하고 옷 갈아입는 곳을 못 물어봤다는 생각이 들었지만, 그냥 그 자리에서 갈아입기로 했다. 어차피 다른 사람도 없었다.

배낭에 욱여넣은 빨랫감 중에서 쭈글쭈글해진 운동복 바지를 꺼내서 갈아입었다. 위에 걸친 티셔츠에서는 자신의 냄새와 어우러져 사무실 냄새가 났다.

아직 사무실에 남아 있는 부하직원이 둘이나 있다. 전화해서 상황을 물어보고 싶은 마음을 억눌렀다. 이미 내 휴일은 시작됐기 때문이다.

샌드백 앞에 서보았다. 생각보다 컸다. 주먹을 대고 밀어보니 묵직하게 반발하는 힘이 느껴졌다. 이 녀석을 연약한 주먹으로 있는 힘껏 쳤다가는 보나마나 손가락만 다칠 게 빤하다.

팔을 뻗어 거리를 확인하고, 옆구리를 바짝 붙이며 다시 한 번 가볍게 대보았다. 주먹으로 전해지는 가벼운 충격이 기분 좋았다.

몸에서 힘이 빠지고, 얼굴이 부드럽게 풀렸다.

머릿속으로 공gong을 울리고, 자기류의 펀치를 반복해서 뻗자 그때마다 기분 좋은 충격이 느껴졌다.

슉, 슉……, 원투.

슉, 슉……, 원투.

동작 한 세트를 되풀이하자 진짜 권투선수가 된 기분이었다.

자기류의 훅이 제대로 들어갔다. 반동으로 몸이 가볍게 흔들렸다. 그래, 이거야. 샌드백이 인간처럼 반응했다.

어퍼컷은 미끄러지며 빗나가서 거의 헛손질. 몸이 뒤집히고 말았다. 지금 상대가 공격을 퍼붓는다면, 보나마나 녹아웃이다.

자기류로 가드 자세를 취해봤다.

이미지로 그린 상대의 펀치를 몸을 웅크리며 피해본다. 그쯤에서 기습을 노리며 보디 훅⋯⋯을 날릴 요량으로 뻗은 펀치는 허공을 가로질렀다. 자세를 바로잡으며 심호흡을 했다. 그래, 웅크릴 때 시선을 아래로 떨어뜨리면 안 돼. 상대를 절대 시야에서 놓치면 안 돼. 그건 분명하다. 보이지 않는 데서 펀치가 들어오면 한 방에 끝난다.

머리를 상반신과 함께 오른쪽으로 돌렸다. 왼쪽으로 돌렸다. 가공의 펀치가 어깨 위를 통과한다. 귓가에 바람이 느껴졌다.

슉, 슉⋯⋯, 원투.

레프트 어퍼컷. 이번에는 제대로 들어갔다.

이어서 라이트 훅. 하프히트.

스트레이트는 자제하자. 체중을 실으면 손가락이 부러질 것 같다.

차츰 팔이 무거워졌다.

숨이 차올랐다. 언제 숨을 쉬어야 하는지 알 수 없었다. 명치 안쪽이 아팠다.

순식간에 집중력이 흩어져서 자포자기 심정으로 팔만 계속 휘둘렀다.

슉……, 후우, 괴롭다.

동작을 멈췄다. 우두커니 서서 어깨를 크게 들썩이며 숨을 몰아쉬었다.

샌드백은 리치(권투에서 팔을 완전히 폈을 때 손끝이 미치는 거리 - 옮긴이)의 살짝 밖에서 이쪽의 심장 박동을 비웃듯 어렴풋이 흔들리고 있었다.

"3분 2초야. 감이 좋은데."

어느새 관장이 뒤에 와 있었다.

"네? 무, 무슨 말이죠, 그게?"

숨이 차서 말이 제대로 나오지 않았다.

"1라운드 종료."

"아아, 그렇지. 3분. 1라운드 뛰는 게 이렇게 힘들군요."

"팔을 이리 내."

관장이 팔을 잡았다. 눈은 벽시계를 바라보았다.

"맥박 192. 꽤 힘들었군."

어깨만 들썩일 뿐, 대답할 수가 없었다.

"슬슬 2라운드 공이 울릴 텐데."

어때, 하고 묻는 눈이 웃고 있었다.

"안 됩니다. TKO예요."

고개를 절레절레 흔들고, 배낭에서 수건을 꺼내 얼굴의 땀을 닦았다. 닦고 또 닦아도 땀은 계속 뿜어져 나왔다.

관장이 물 잔을 건네주었다. 목을 타고 흘러든 물이 순식간에 온몸으로 빨려드는 느낌이었다.

호흡이 차츰 안정되자 실내 반대편에 있는 청년 복서의 펀치와 신발 소리가 또다시 들려왔다. 그는 대체 몇 라운드를 뛰는 걸까.

"느낌은 어땠나?"

"아아, 즐거웠어요. 고작 3분인데, 그동안은 모든 게 잊히고 눈앞의 샌드백만 보였죠. 샌드백에 상대 이미지를 그려보기도 하고, 어느새 내 몸의 윤곽을 의식하게 돼서 정신을 차려보니 거리를 대략 밀리미터 단위로 느끼려는 내가 있었는데, 그런 체험은 해본 적이 없어요. 그런데도 3분 안에 내가 흐슬부슬 무너져 내리는 것도 엄청나고……."

"자네, 처음 하면서 그 정도로 자기분석을 하다니, 대단한데."

"업무적으로 굉장히 힘든 시기라 최근에는 늘 자기 한계까지 남은 양을 계산하면서 생활하고 있어서요. 빨리 해야 하는데, 그러다 무너져버리면 거기서 일은 중단돼버리니까."

"흡사 운동선수 같군. 무슨 일을 하지?"

"엔지니어입니다. 컴퓨터."

"아아, 그래서 분석을 잘하는군. 힘들겠어. 자기 체력과 기력까지 엔지니어링해야 한다는 뜻이군."

"완전히 무아지경에 빠져서 시간을 잊어버렸습니다."

"그래. 3분은 길지. 그 안에 모든 게 일어나. 어쩌면 다음 순간에는 등을 바닥에 대고 천장 조명을 바라보게 될지도 모르지."

"나도 모르게 집중해버려서 긴지 짧은지조차 몰랐습니다."

"샌드백이 말이야, 이렇게 기둥 같은 녀석이지만, 상대하다 보면 그것밖에 안 보이지?"

"막상 시작하니까 영원히 싸우겠다는 마음이 들더군요. 금세 녹초가 돼서 나가떨어졌지만."

"이 녀석은 못 당해. 스태미나가 영원히 지속되지."

그 말이 맞다.

"인생과 달라서 복서의 라운드는 단 3분뿐이야. 그런데도 상당히 길지. 그래도 쓰러지지 않고 버티면 반드시 공은 울려. 그래서 복서는 1라운드의 3분 길이를 몸속 깊이 새기지. 자기가 어떤 상태고, 상대는 어떤 상태며, 남은 시간은 얼마쯤인가 하는 식으로. 무턱대고 펀치를 날려서 이기는 게 아니야. 모든 게 잘 풀리지 않을 때도 있어. 공격에 몰려서 위험에 처할 때도 있지. 아무린 방법도 없을 때는 일단 쓰러지지만 않고 공이 울릴 때까지 버틸 생각만 하면 돼."

쓰러지지 않고 버티면 반드시 공은 울린다.

왠지 명언 같은 말이다. 적어도 지금의 나에게는.

"자네, 지금 표정이 아주 좋군. 조금 전에는 죽은 듯한 표정이었어. 그래서 나도 모르게 말을 건넸지."

거울을 안 봐도 지금 자기가 어떤 표정인지 알 수 있다.

원래 옷으로 갈아입고, 관장에게 감사 인사를 한 후 체육관에서 나왔다.

걸음을 내딛은 지 얼마 안 돼서 문자 수신음이 울렸다. 아이다였다.

'무사히 브레이크 포인트에 도달했습니다. 지금부터 휴일에 들어갑니다. 시마다 마리 씨도 같이 갑니다.'

'알았어. 건투, 고마워. 푹 쉬어. 시마다에게도 그렇게 전해주고.'

다행이다. 가슴 깊은 곳까지 안도감이 퍼졌다.

돌이켜보면 노도와 같은 이틀이었다. 해결된 건 아무것도 없지만, 마음이 놓였다. 마음 깊은 곳에서 그거면 됐다고 말했다. 몇 달 동안이나 이렇게 평온한 기분이 들었던 적이 없다. 이 시간을 소중히 여기자.

자기도 모르는 새에 보폭이 넓어져 있었다.

조금만 더 가면 집이다. 도착하면 맥주를 마시고, 그대로 곧장 침대에 쓰러지자. 스마트폰으로 일기예보를 확인했다. 맑음 표시가 늘어서 있었다. 오랜만에 밖에서 빨래를 말릴 수 있을 것 같다.

또다시 문자가 왔다. 시마다 마리였다.

'지금, 아이다 씨한테 프러포즈 받았어요. 예스라고 대답했어요. 가타야마 팀장님에게 중매인 역할을 부탁하고 싶어요. 잘 부탁드립니다. 두 사람의 의견이에요. 결혼식 시기는 아직 미정입니다. 어쨌든 이번 프로젝트를 마무리한 후에.'

놀라웠다.

당했다.

웃음이 솟구쳤다.

멤버들은 잘 파악하고 있다고 믿었다. 그러고 보니 건강 걱정만 했다. 연애 관계 같은 건 안중에도 없었다. 얘기를 듣고 보니, 둘이 같이 남아 있는 밤이 많았던 것 같은 기분도 들었다.

이번 일이 끝나면, 미감 축하의 주역은 그 녀석들이겠군.

내가 결혼하기 전에 부하직원의 중매인 역할을 떠맡는 처지가 될 줄은 꿈에도 몰랐다.

뭐, 아무튼 기분 좋은 휴일이다.

이제 막 시작됐고, 아직 날도 밝지 않았지만.

제3화

운동 바보

　화장실 안에서 속옷을 갈아입을 때 밖에서 사람 소리가 들리면 불안해지는 건 늘 있는 일이지만, 그게 누군지 아는 목소리라 어중간한 자세를 취한 채, 무심코 밖의 대화에 귀를 기울이고 말았다.

　"얘, 가즈미, 연휴에 어디 가니?"

　한 손에 벗은 속옷을 말아 쥐고, 양변기에 앉은 채로 봉지에서 새 속옷을 꺼냈다. 출구를 최대한 넓게 벌리고 세심하게 주의를 기울이며 구두가 절대 속옷에 닿지 않도록 그곳을 향해 한쪽씩 발을 밀어 넣었다. 남에게는 절대 보일 수 없는 모습.

"결정 안 했어. 어디든 좋아."

화장실 밖은 일상이다. 이쪽은 허리를 살짝 들고, 마침내 훤히 드러났던 하반신을 작은 속옷으로 가리는 데 성공한 참이었다.

"가즈미는 좋겠다. 남자친구가 있어서."

손 안에 있던 벗은 속옷은, 조금 전까지 들어 있던 새것보다는 부피가 조금 크다 보니, 봉지가 부풀어 오르고 말았다. 그것을 허벅지 위에 올리고 비닐봉지 밖에서 짓누르자 자신의 분신이 내뿜은 냄새가 봉지 주둥이로 새어 나오는 기분이 들어서 혼자 얼굴이 붉어졌다.

"응. 그렇지 뭐. 근데 요즘 별로 안 좋아."

숨을 죽이고 있었다는 사실을 알아챘다. 입을 크게 벌리고 최대한 천천히 숨을 내뱉었다. 옅은 인공적인 냄새가 폐로 흘러들었다. 화장실 문을 열었을 때 자동적으로 분사되는, 냄새 제거 스프레이를 최초로 떠올린 사람은 남성일까, 여성일까?

속옷을 갈아입다 보면, 왠지 살짝 '나쁜 짓'을 하는 느낌이다.

어쨌거나 라커룸에서 속옷을 갈아입는 장면을 보여줄 수

는 없는 노릇이다. 오늘 지금부터 몇 시간 동안 무엇을 할지, 누구의 눈에나 생생하게 떠오르면 민폐일 뿐이다.

"또 시작했다. 만날 그 소리." "헤어질까 생각 중이야." "어? 왜?" "그건 그렇고, 연휴가 너무 많지 않니? 또 휴일이잖아." "그건 그러네~."

목소리가 멀어지길 기다렸다가 나-시오타 도모코는 물 내리는 버튼을 누르고, 화장실 문을 열었다.

외국계 기업이 몇 개나 입주한 빌딩에서 나온 남녀가 이탈리아어로 얘기를 나누며 앞에서 걸어갔다. 비싼 땅에 지은 아름다운 외관(파사드)에 어울리게, 뒤에서 보는 두 사람의 등도 곧게 펴져 있었다. 도쿄 중심부를 오가는 서양인들의 꼿꼿한 뒤태는 꽤 볼 만하다. 그에 비하면 일본인들은 앞으로 살짝 구부린 자세에다 왠지 좀 언짢은 표정으로 걸어 다니지 않을까. 어느 애널리스트가 대지에 기준한 척추 각도와 뭔가의 상관관계를 그래프로 그려서 보여주지는 않을까. 그래프의 가로축은 출신지의 위도緯度든 연수입이든 아무거나 상관없다.

업무 모드의 머리를 쿨다운시키려 했다.

내가 대체 무슨 생각을 하는 거지.

데이트가 있는 밤은 마음도 가벼워서 주위에 아무도 없다면 무심코 깡충깡충 뛰어오를지도 모른다. 그러나 오늘은 다르다.

일단 역으로 향했지만, 갑자기 마음이 약해져서 도중에 골목길로 접어들었다.

울티모 아모레. 마지막 사랑. 왜 이렇게 혀가 잘 안 돌아가는 이름을 붙였을까. 발음하기 힘든 가게나 상품은 성공하기 어렵다는 게 데이터로 밝혀졌다.

속으로 불평을 쏟아내며 문을 밀었다.

눈이 마주치자 신경질적인 얼굴이 순식간에 웃는 표정으로 바뀌면서 카운터 안에서 "어서 오세요"라며 나를 맞아주었다. 목소리가 좋았다. 살이 좀 빠진 파바로티 느낌이 풍기는 수염 난 그 남자가 오너 셰프인 모양이다.

"카운터 자리도 괜찮으시겠습니까?"

마른 남자가 옆에서 나오더니 이쪽에서 대답도 하기 전에 아무도 없는 카운터를 가리켰다. 안에서는 담소를 나누는 사람들의 목소리가 들렸다. 혹시 가게 선택에 실패한 걸까.

나는 굳이 나눈다면, 전통일식파다. 다만, 오늘은 날숨에서 청주 냄새를 풍기고 싶지 않았을 뿐이다. 그와 둘이 같은 걸 먹고 마시는 데이트를 한 후라면 몰라도.

'미안해. 접대를 하게 돼서 조금 늦어.'

술 냄새를 풍기며 갈 핑계를 댔다. 사실은 오히려 늦게 가기 위한 핑계지만.

'알았어. 조금이라면 어느 정도?'

돌아온 문자에 답장은 하지 않았다. 나도 알 수 없다. 언제까지 여기 있을지, 언제쯤이면 그가 있는 곳으로 갈 결심이 설지.

스마트폰의 액정 화면을 들여다보는 사이, 눈앞에 술잔이 놓여 있었다. 람브루스코는 발효하는 포도즙 원액처럼 와인잔 가에서 끈끈한 거품을 일으켰다. 오늘은 무엇을 먹든 마시든 행복해질 수 없다.

"술은 맛이 아니야. 취하면 그만이지."

입버릇처럼 그런 말을 하는 술고래 선배 애널리스트를 떠올리자 마음이 조금 편해졌다. 살짝 달달하고 붉은 술은 한 잔만 마시고, 두 잔째부터는 샤르도네를 시켰다. 생햄은 말라서 버석버석하고, 씨를 빼고 담근 올리브는 향이 없었다. 파르미지아노 하나는 이런 상황에서도 맛이 좋았다. 입 안으로 풍부한 아미노산이 퍼져갔다.

내 뒤로는 아직 손님이 오지 않았다. 한 주의 중반인 수요일이다.

휴대전화 진동 소리가 들렸다.

'몇 시쯤 될 것 같아?'

'미안해. 거래처랑 회식이라 답장 못했어. 마침 지금 화장실이야. 막차까지는 꼭 갈게.'

'그렇게 늦어? 뭐, 아무튼 기다릴게. 밥은 먹고 오지?'

답장을 읽고, 화장실에 갔다. 높은 스툴에서 내려오다 살짝 비틀거렸다. 생각보다 술기운이 빨리 돌았다. 이제 고작 네 잔째지만, 이 가게의 술잔은 큰 편이다.

홀에서 서빙하던 남자가 재빨리 다가왔다.

"괜찮으세요? 발밑에 낮은 단이 있으니 조심하세요."

가게 손님이 적어서일까. 그 남자는 아까부터 나를 계속 지켜보았다.

최대한 등을 곧게 펴고 천천히 크게 심호흡을 했다. 술기운이 빨리 퍼진 것은 분명 호흡이 얕은 탓이다. 취한 사람처럼 안 보이려고 세심하게 주의를 기울이며 화장실까지 걸어갔다.

카운터로 돌아오자 다시 남자가 다가왔다.

"안주라도 좀 더 내올까요? 아니면 동행 분을 기다리시겠습니까?"

"동행은 없어요."

"대단히 실례했습니다."

마음과 다르게 강한 말투로 서빙하는 남자에게 말하자 그는 반사적으로 사과하며 재빨리 멀어졌다.

역시 그렇구나.

전채요리 한 접시만 시키고, 휴대전화를 보며 와인을 네 잔이나 마시는 여자는 남자를 기다리는 게 틀림없다. 그리고 말을 쌀쌀맞게 하는 것은 약속한 장소에 남자가 나타나지 않아서 짜증이 났기 때문이다. 그렇게 넘겨짚었을 게 틀림없다.

아니거든. 집에서 기다리는 건 남자고, 난 기다리게 만든 쪽이야. 가게 직원에게 그렇게 받아치고 싶은 충동에 휩싸였다 한숨을 몰아쉬었다. 한심한 나.

처음 눈에 띈 가게에 들어온 게 실수였다. 단골집에 가서 마음 터놓고 지내는 가게 주인이나 단골손님들과 시간을 보냈으면, 처음 온 나홀로 여자 손님에게 품는 시답잖은 망상에 나를 노출시키지 않을 수 있었다.

하긴, 낯선 가게에서 나를 어떻게 생각하든 곤란할 건 전혀 없다. 남자가 차갑게 구는데도 가게에 먼저 오고, 식사도 안 하고 남자를 기다리고, 잘 마시지도 못하는 술을 마시는 불쌍한 30대 여자. 그렇게 본다고 한들 난처할 건 전혀 없는데도 나는 그런 시선을 무시할 수 없다.

애당초 아는 얼굴들과 얘기할 기분이 아니라서 일부러 처음 오는 가게를 고르지 않았던가.

"지기 싫어하는 성격이 도모코의 장점이라고 생각해."

신도 데쓰오는 늘 그렇게 말했다.

"가만 놔두면 시오타 도모코는 나카야마 고지하고도 경주할 여자야."

언제인가 그런 말을 해서 나카야마 고지가 누구냐고 물었더니, 5년 연속 최고 성적을 올린 경륜선수라고 했다.

"리니어 신칸센이라도 경주해주지."

그렇게 받아치자 그는 따뜻한 애정으로 넘쳐나는 표정을 지었다.

나처럼 지기 싫어하는 성격을 가진 여자가 좋다고 직접 얼굴을 맞대고 말하는 그가 신선했다.

여자한테 지는 게 죽도록 싫은 남자들은 대부분 승부욕이 강한 여자를 싫어하니까.

남자들은 여자를 자기보다 약하고 열등한 존재로 사랑하려 한다. 자기보다 키가 작고, 운동신경이 둔하고, 머리가 나쁘고, 나약하게 어리광을 부리는, 그런 여자를 원하는 남자가 있다. 대책 없이 능력이 떨어져서 파트너를 지킬 힘이라곤 없는, 스스로에게 자신감이 없는 남자일수록 더더욱 연약한 여자를 원한다. 자신감이 부족한 남자는 어떻게든 자기를 나보다 훌륭하게 보이려고 때로는 티나지 않게, 때로는 노골적으로 회사나 지위나 학력이나 경제 상태를 과시한다.

데쓰오는 달랐다.

"나는 운동 바보라 자랑할 기라곤 뼈랑 근육밖에 없어."

집에서 제일 가까운 역 근처 바에서 처음 만났을 때, 그가 뱉은 그 말에 걸려들었다.

목이 늘어난 줄무늬 셔츠를 입고, 벌써 11월인데 반바지에 운동화를 신고, 육체노동자라 그렇다며 웃는 그 얼굴이 아름다워 보였다.

반바지 아래로 보이는 부분도, 보이지 않는 부분도 놀라울 만큼 다부져서 한눈에도 평범한 직업은 아닐 거라고 예상했다. 물어보니 경륜선수라고 했다. 인생 최초로 만나본 직업.

"왜 경륜선수가 될 생각을 했어?"

"집이 가난해서 대학에 갈 형편이 아니었으니까."

"그래도 많고 많은 중에 왜 하필 경륜이야?"

"경륜학교에 가서 국가시험에 합격하면, 바로 돈을 벌 수 있거든. 대졸자 초임 월급보다 훨씬 많아. 프로가 되는 길도 명확해. 다른 프로스포츠 선수보다 전망이 확실하고, 선수 수명도 길어."

"도박인데 견실하네."

"돈을 거는 건 고객이고, 우리는 단지 달릴 뿐이니까."

경륜 규칙, 차권車券 사는 법, 경륜학교 시절 이야기, 평소 생활…… 모르는 것투성이였다. 설레는 마음으로 그의 얘기를 들었다.

가장 아래 등급인 A급 3반이라도 평균 연봉이 직장인의 평균보다 훨씬 높다고 했는데, 그때는 당신 등급은 어느 정도냐고 묻지 못했다. 왠지 남자의 경제력을 평가하는 질문 같아서였다.

"한 잔 더 드릴까요?"

시계는 10시를 가리키고 있었다.

운동선수인 그는 평소라면 잠자리에 들 시간이다. 나를 만날 때만 나에게 맞추느라 늦게까지 안 잔다. 섹스에 열중한 그는 열반에 든 부처님처럼 그대로 깊은 잠에 빠진다. 잠이 쉽게 안 드는 나는 희미한 불빛 속에서 한동안 그의 등을 바라보며 사랑스러운 그의 냄새를 맡고, 잠든 그의 숨결을 듣고, 결국은 나도 모르는 새에 행복한 잠에 빠져든다.

"아뇨, 계산해주세요."

'기다리게 해서 미안해. 지금 출발해.'

계산서를 기다리는 동안 문자를 보냈다. 휴대전화 화면의 시각은 오후 10시 13분으로 표시되었다. 여기서 제일 가까운 역에서 전철을 타고 한 번 환승하면, 11시까지는 도착할 것이다.

7월 중순에는 자유로워질 거야. 그가 만날 수 있는 날을 알려준 것은 한 달 전이었다.

경륜선수는 경기 출전이 결정되면, 경륜장 숙박 시설에 갇혀 외부와의 접촉을 차단당한다. 외출은커녕 휴대전화도 소지할 수 없다. 인간이 몸을 써서 경주하는 경기가 도박 대상이 되는 경륜인 만큼 승부 조작을 못하게 외부와의 접촉을 단절하는 모양이다.

1년 내내 전국 어느 경륜장에서든 경기가 개최된다. 선수

들은 여행자처럼 이곳저곳을 떠돌며 생활한다. 자기 집에는 거의 없다.

그래서 경륜선수와의 연애는 언제나 장거리 연애다.

세계 어디에서나 문자나 전화가 연결되는 시대에는 오사카든 리우데자네이루든 별반 다르지 않을지도 모르지만, 휴대전화조차 소지하지 못하는 경륜장의 숙소는 흡사 아마존 오지에 가깝다. 평범한 연애는 때때로 어렵다.

"도모코 남자친구는 뭐 하는 사람이야?"

"원양어업 참치 어선 선원이야."

"어머, 상상도 못했던 육체노동 계열이네."

아가씨들 모임에서 그렇게 대답하면 반응이 꽤 크다. 실제로 일정이 좀처럼 맞지 않으니, 그런 면에서는 상당히 비슷하다.

그런 그의 직업은 마침 내가 처한 상황과도 잘 맞았다. 리서치 업무는 끝이 없다. 마감이 가까워지면 밤샘 근무가 연속될 때도 많다. 한 달에 한 번이면 조금 무리해서라도 맞출 수 있지만, 매주 데이트는 도저히 불가능한 생활이다. 그래서 자주 만나자고 하지 않는 나 역시 그의 상황에는 잘 맞는 상대였던 것 같다.

상황이 잘 맞아서 서로 사랑하는 건 아니지만, 상황이 안 맞는 연애는 오래가지 못한다.

정중한 점원의 배웅을 받으며 가게를 나서자 민소매 밖으로 드러난 어깨에 습기가 들러붙었다. 어느새 비가 내렸는지, 지면이 젖어 있었다.

개찰구로 들어서자 마치 나를 위해 준비한 것처럼 최고의 타이밍에 전철이 플랫폼으로 미끄러져 들어왔다.

드디어 그가 있는 곳으로 향하는 것이다.

─정차하겠습니다.

안내방송과 거의 동시에 급격히 감속되며 손잡이를 잡은 손이 확 당겨지는 순간 덜컥 하고 차량이 흔들렸고, 연결 부분에서 삐걱거리는 소리가 났다.

대학생의 이어폰 한쪽이 빠져서 메마른 음악 소리가 희미하게 들려왔다. 마이클 잭슨.

─지금, 정지신호로 인해 열차가 정차했습니다.

콩나물시루에 갇힌 몇백 명이나 되는 사람들에게 동시에 큰 충격이 가해졌다.

내가 서 있던 자리는 그 셔플 덕분에 오히려 발 디딘 공간이 넓고 쾌적해졌다.

사람이 몇백 명이나 되는데, 아무도 입을 열지 않았다. 평소에는 당연한 일을 기묘하게 받아들이는 까닭은 분명 내가 평소와 다르기 때문이다.

같은 차량 안에서 빽빽하게 옆 사람과 몸을 맞대고 있는, 이토록 많은 '낯선 타인'들 전원이 갑자기 인사하기 시작하는 장면을 떠올렸다.

안녕하세요. 아, 안녕하세요. 어디까지 가세요? 늘 이 전철을 타세요? 냉방이 너무 강하지 않나요? 어떤 일을 하시죠? 평범한 회사원이에요. 일하시느라 고생 많으셨어요. 나는 지금부터 야근이라. 힘드시겠네요. 네, 건물 청소라서요. 학생은 지금 여름방학 아닌가? 아르바이트하고 집에 가는 길이에요. 그 귀걸이, 어디서 샀어요?

그만두자, 혼자 노는 건 재미없다. 뇌 속에서 꿀벌 유충들이 들끓는 것 같았다.

−바쁘신 와중에 불편을 끼쳐드려 대단히 죄송합니다. 다음 역인 K역 부근에서 차량 고장으로 열차가 멈췄습니다. 그런 관계로 지금 열차 운행을 대기하는 상황입니다.

시계를 봤다. 오후 10시 32분.

이어폰에서 흘러나오던 곡이 「더 걸 이즈 마인」에서 「스릴러」로 바뀌어 있었다.

아무도 입을 열지 않았다.

와인을 마시며 목적지로 향할 결심이 서길 기다렸다.

마침내 결심이 서서 전철을 탔는데.

전철만 타면, 그 후에는 저절로 시간이 흘러간다. 그 흐름에 몸을 맡기고 자연스럽게 있으면, 여느 때처럼 행복이 찾아오고, 아침이 밝아오고, 그의 집을 나선다. 회사에 도착하면, 드디어 프로젝트는 막바지로 접어들어서 그저 오로지 노도와 같이 일에 몰두할 생각이었다. 미리 며칠분의 옷을 준비해서 라커에 넣어두었다.

왜 하필 이런 날에, 이런 생각에 잠길 시간이 만들어지는 것일까.

손을 움직일 공간이 생긴 대학생이 이어폰 줄을 더듬더듬 끌어당긴 뒤 다시 귀에 꽂아서 마이클 잭슨 음악은 도중에 더 이상 들을 수 없게 되었다.

─바쁘신 와중에 불편을 끼쳐드려 대단히 죄송합니다. 다음 역인 K역 부근에서 차량 고장으로 열차가 멈췄습니다. 그런 관계로 지금 열차 운행을 대기하는 상황입니다.

똑같은 안내방송이라도 아예 없는 것보다는 낫다. 침묵하는 사람이 몇백 명이나 있고, 그중 한 사람이어야 하는 상황은 안내가 필요하다.

－현재, 복구 상황은 확인되지 않습니다.

뭐라고?

아무래도 시간이 좀 걸릴 것 같다는 예상은 할 수 있었다. 차량 고장으로 오도 가도 못하는 열차. 만약 못 고치면 어떻게 될까. 움직이는 열차를 연결해서 밀거나 당기나? 그런데 어느 선로로든 그 기관차를 옮겨야 할 텐데, 선로 위에는 신호를 받고 멈춘 열차가 여기저기에서 가로막고 있을 것이다.

원래 열차에는 동력차가 여러 개 있는 게 아니었나? 전에 도시교통망 리서치를 했던 적이 있다. 대부분의 노선은 하나의 편성에 복수의 동력차를 가지는 '동력 분산 방식'으로 운행되고 있을 게 틀림없다. 어느 하나가 움직이지 않는다고 해서 전혀 움직이지 못하는 경우가 생길 수 있나?

고장으로 움직이지 못한다는 말은 사실일까.

차량 고장이 아니라, 사실은 뭔가 다른 이유로 멈춘 게 아닐까.

대중교통은 위기관리를 위해 때로는 승객에게 혼란을 일

으키지 않는 것이 우선시된다. 예를 들어 폭발물이 설치된 경우, 신속하게 대피하지 못하는 상황에서는 그 사실을 알리지 않을 때도 있다. 폭발물로 피해를 입는 이상으로 앞다퉈 도망치려는 사람들이 그 혼란으로 인해 압사당하는 위험이 더 커질 가능성이 있기 때문이다.

불현듯 생각이 났다. 출장 중에 경유했던 델리 공항에서 이륙 직전인 비행기에서 돌연 안내방송이 나온 적이 있다.

-항공기 내부 청소를 위해 담당 직원이 들어오겠습니다. 양해 부탁드립니다.

그 비행기는 똑같은 편명과 장비로 아부다비에서 날아왔다.

왜 지금 청소를 한다는 거지?

통로 앞에서 작업복을 입은 남녀가 열 명쯤 들어왔다. 그들은 들어오자마자 비행기 내부 전체를 일정한 간격으로 나눠 흩어지더니 일제히 좌석 밑을 살피기 시작했다. 변명하듯이 딱 한 사람만 비닐봉지를 들고 좌석 앞주머니에서 손님에게 불필요해진 물건을 모으고 다녔다. 절도 있게 통제된 동작. 예리한 눈빛. 그들이 청소부가 아닌 것은 확연했다.

-기내 청소가 끝나서 이 비행기는 잠시 후 이륙 상태에 들어가겠습니다.

청소원들이 물러나자 비행기는 아무 일도 없었다는 듯이 이륙했다.

뭔가를 찾아다녔다. 폭발물이었을지도 모른다. 아니면 기내에서 마약이나 뭔가를 거래할지도 모른다는 정보라도 들어왔을까. 폭발물을 설치했다는 정보였다면, 이륙 전이었으니 승객부터 먼저 대피시켰을 거라는 생각도 들었다. 연락이 온 시점이 비행 중이었다면 어땠을까.

−기내에 폭발물이 설치됐다는 정보가 들어왔습니다.

그런 안내방송을 해야 할까.

하늘이 아니라, 항해 중인 배였다면…….

공중 분해된 기체에서 튕겨 나온 자기 모습을 상상하고 말았다.

사실을 알고, 아비규환 속에서 서로가 서로의 퇴로를 가로막으며 밀치고, 넘어지고, 겹겹이 쌓여서 발버둥을 치며 짓눌려 죽어가는 공포와 폭발물로 인해 한순간에 날아가버리는 것 중에 좀 더 나은 죽음은 어느 쪽일까.

더 낫게 죽는 방법?

타고 있는 퇴근길 전철이 멈췄을 뿐인데?

가방 속에서 진동 소리가 들렸다.

팔꿈치를 최대한 내밀지 않으려고 애를 쓰며 휴대전화를 꺼냈다.

'이제 곧 오겠네. 맥주랑 와인 둘 다 냉장고에 넣어뒀어.'

답장을 보낼 수밖에 없다.

'지금, 전철이 멈췄어. K역에서 차량이 고장 났대.'

팔꿈치를 몸에 바싹 붙인 불편한 자세로 5센티미터밖에 안 떨어진 화면을 보며 답장을 쓰려니 현기증이 날 것 같았다. '보내기' 버튼을 누른 순간, 천장에 매달린 광고를 보려고 턱을 치켜든 앞의 남성 뒷목이 휴대전화 모서리에 가볍게 부딪혀서 그가 허둥지둥 고개를 원래 위치로 내렸다.

이렇다 할 변화도 없는 안내방송이 되풀이되었다.

이곳에 멈춰버린 후로 시간은 얼마나 지났을까.

가방에 휴대전화를 넣기 전에 시간을 확인할 걸. 고개를 크게 움직이지 않으려고 주의하며 주위를 둘러보자 손잡이를 붙들고 있는 왼쪽 남성의 손목에 시계가 있었다. 곧 밤 11시가 될 무렵이었다. 30분이나 같은 장소에 그대로 멈춰 있는데도 사람들은 매우 순종적이다.

이럴 바엔 회사에서 나오자마자 곧장 그의 집으로 가야 했다. 환승역의 막차까지는 아직 시간이 좀 있지만, 두 사람의 시간은 점점 줄어든다. 시한폭탄 폭발까지 남은 시간이 줄어가는 영화의 한 장면이 눈앞에 떠올랐다. 전자회로 기판 위에 표시된 빨간 숫자.

우리에게 남은 시간은 내일 아침에 내가 출근할 때까지다.

'후쿠이 경기가 끝나면 휴가 내서 도쿄로 돌아올 테니까, 꼭 만나고 싶어.'

'꼭 만나고 싶어'라는 글자를 보면 언제나 마음이 녹아든다. 매일 어깨에 힘을 주고 긴장 속에서 살아간다. 그런데 단 여섯 글자로 쓴 말에 몸도 마음도 부드럽게 풀린다. 말의 마법. 만나고 싶은 속내를 억누르며 살던 내 마음이 갑자기 그를 원하게 된다. 만나는 횟수가 아무리 적어도 서로 사랑하는 상대가 있다는 행복을 온몸으로 만끽한다.

2년 동안 그런 감정이 되풀이되었다. 대개는 한 달에 한 번. 때로는 두 달이나 못 만나는 경우도 있었다.

처음 만난 해 여름, 고원으로 2박 3일 여행을 떠났다.

"하루라도 트레이닝을 쉬면 근력이 떨어져."

그래서 두 번째 여행부터는 1박만 했다.

출발하는 날 그는 아침 운동을 끝낸 뒤 나를 만났고, 다음 날 저녁에 헤어지면 잠자리에 들기 전에 운동을 한다. 그런데도 근육이 빠져나간 것처럼 힘이 약해진 걸 실감한다고 했다.

프로 경기 선수에게는 연습을 쉬는 게 그렇게 큰 데미지라는 걸 알고 놀랐지만, 뼈를 깎는 그런 수고도 마다하지 않고 나와 함께 시간을 보내주는 게 자랑스러웠다. 굉장히 미안한 마음도 들긴 했지만.

가을에는 하코네에 있는 호텔에 갔다. 내가 단풍으로 물든 정원을 산책하는 동안, 그는 하코네의 산길을 달리러 나갔다. 땀범벅이 되어 돌아온 그를 끌어안았다.

봄에는 발코니에서 하루 종일 이나무라가사키 바다를 보며 시간을 보냈다.

"잠깐 다녀올게."

그는 해안가 길을 따라 지가사키까지 왕복으로 달린 후, 또다시 자이모쿠자 해안의 모래밭에서 오래도록 전력 질주를 되풀이했다. 나는 그 모습을, 앞바다의 서퍼를 육지에서 기다리는 소녀처럼, 발코니에서 줄곧 바라보았다.

그가 뛰러 나가서 함께 있는 시간이 줄어드는 건 전혀 싫지 않았다. 오히려 돌아올 때 터질 듯이 환하게 웃는 얼굴을 보는 게 기뻤다. 그것은 몇 달 만에 한 번밖에 없는, 그가 '내가 있는 곳으로 돌아오는' 매우 드문 사건이었다.

추억을 떠올리며 별 볼 일 없는 이탈리안 레스토랑에서 시간을 허비해버린 자신의 선택을 이제 와서 뒤늦게 후회했다.

오늘의 나는 처음부터 평소의 나와 많이 달랐다.

그를 만나는 게 두려웠다. 그와 사귄 후 처음으로, 그의 얼굴을 보면 내가 어떻게 되어버릴지 자신할 수 없었다.

그래도 그의 집에는 가야 한다.

얼마 남지 않은 시간을 조금이나마 소중히 보내고 싶은 반면, 만나기가 너무 두려워서 편치 않은 카운터 자리에서 한숨만 몰아쉬며 홀로 시간을 보냈고, 이제는 그 시간을 원망하고 있다. 그런 곳에 있었던 탓에 멈춰버린 만원 전철 속에서 귀중한 시간을 이렇게 더 무의미하게 소비하게 되었다.

잃어버린 시간은 돌아오지 않는다. 그리고…….

오늘 아침, 화살은 이미 시위를 떠났다.

내일 오후에는 그의 집에 편지가 도착하겠지. 그러면 두 사람의 시간은 두 번 다시 되돌릴 수 없다.

천공으로 쏘아올린 화살이 그의 문을 꿰뚫을 때까지의 시간만 남았다.

거울을 보고 싶었다.

그가 현관문을 열어준 순간, 평상시처럼 웃는 표정을 보여줘야 한다.

그것이 어떤 표정인지 나는 알 수 없었다.

전철 안에서도, 회사에서도, 옷을 사러 간 가게 매장에서도 나는 늘 어떤 나이고 싶은지 생각하고, 그렇게 존재하고 싶은 자기를 의식하며 살아왔다. 심지어 부모가 위독하다는 소식을 들은 날에도 직장이나 고객 앞에서는 평소와 다름없는 나, 요컨대 진정한 내 상태와는 관계없는, 내가 만들어낸 나를 보여주며 살아왔다. 어쩌면 시장 야채가게에서 폐점 직전에 50퍼센트 할인가격으로 물건을 살 때조차도 있는 그대로의 내 얼굴을 보여주지 않았던 것 같은 기분이 든다.

나는 그와 함께 있을 때만 모든 것에서 해방되어 가장 자연스러운 모습이었다. 그래서 그의 앞에 있을 때, 내가 어떤 표정을 지었는지 나도 알 수 없다.

오늘 밤 있는 그대로의 나는 두렵고 슬프고 괴로운 나다. 오늘 밤에 한해서는 '평소 시오타 도모코와 똑같이 보이는 나'를 보여야만 한다.

역에서 횡단보도 하나를 건너 평소처럼 그의 맨션 인터폰 카메라 앞에서 웃는 표정을 짓고, 문을 열어주면 엘리베이터로 7층까지 올라가 초인종을 누른다. 현관문 너머로 그가 다가오는 발소리에 설레는 가슴을 안고, 열린 문에서 환한 빛과 함께 그의 웃는 얼굴을 발견하고, "나 왔어"라고 일부러 쌀쌀맞은 말투로 인사를 건네고, 현관을 가로막고 있는 트레이닝용 자전거 옆에서 신발을 벗고, 시원한 마룻바닥의 감촉을 발바닥으로 느끼며 거실로 들어간다.

오늘 밤도 그렇게 그를 만나러 가는 것이다.

─오늘은 오랜 시간 운행 정지로 인해…….

안내방송 내용이 바뀌었다.

─대단히 큰 불편을 끼쳐드렸습니다. K역 부근에서 고장으로 정차한…….

그 말은 몇십 번이나 들었다.

─차량을 방금 역 플랫폼까지 이동시켰습니다.

거기서 승객들을 내려주겠지.

─처리가 끝나는 대로 후속 열차도 각각 가장 가까운 역까지 운행한 후, 또다시 보류하게 됩니다. 운행 재개까지는 상당한 시간이 소요될 것으로 예상됩니다. 오늘은 불편을 끼쳐드려서…….

이 차량도 가까운 역까지는 갈 테니, 거기서 내리라는 의미인 듯했다.

─이 열차는 잠시 후, N역에 도착합니다. N역에서 한동안 운행이 지연되니 승객 여러분께서는…….

안내방송이 채 끝나기 전에 차량은 천천히 움직이기 시작했다. 차 안에 안도의 공기가 퍼져나갔다. 입을 여는 사람은 한 명도 없었지만, 모두가 일제히 안도하는 걸 실감할 수 있었다.

드디어 열차가 역 플랫폼으로 접어들자 멈출 때까지 시간이 몹시 길게 느껴졌다. 문이 열리고 긴 감금 상태에서 풀려나자 사람들은 앞다퉈 휴대전화를 꺼내기 시작했다. 바깥 공기를 맡은 나도 바로 그에게 전화를 걸었다.

"어떻게 됐어? 움직였어?"

전화기 너머에서 들려오는 그의 목소리가 반갑고 따뜻했다.

"미안해. 겨우 움직이긴 했는데, N역에서 내려야 했어."

"지금 플랫폼이야?"

"응."

"우물쭈물하지 말고 얼른 계단으로 내려가. 택시 잡기 쟁탈전이 시작될 거야. 택시 타고 나서 다시 전화해."

나는 예측하지 못했다. 그 사람답다는 생각이 들었다. 원래부터 그런지, 경륜선수라서 그런지 언제나 주위를 파악하는 능력이 뛰어난 사람이다.

곧바로 계단으로 향했다. 마음은 급한데 사람이 많아서 뛰어 내려갈 수가 없었다. 플랫폼으로 나오자마자 바로 뛰었어야 했다는 후회가 밀려들었다.

만원이었던 승객들 전원이 급행열차도 서지 않는 역에서 내린 것이다. 승객들 대부분은 평소 이 역에서 내릴 일이 없는 익숙지 않은 사람들이다. 그러다 보니 계단 위아래에서 멈춰 서게 마련이라 이동하는 흐름이 한층 더뎠다. 화장실 앞에도 줄이 늘어서 있었다. 대체수송은 없느냐고 역무원에게 큰 소리로 따지는 사람도 있었다.

가까스로 개찰구를 빠져나왔다. 택시 승강장에는 이미 뱀처럼 긴 행렬이 늘어서 있었다. 완전히 늦어버렸다.

일단은 줄 맨 끝에 섰다. 택시 한 대가 출발하고, 다음 택시가 올 때까지 시간을 쟀다. 나는 애널리스트다. 맨 처음 한 대까지는 46초. 다음은 66초. 줄은 앞에서부터 열 명을 헤아리고, 그 길이로 짐작하건대 여섯 배쯤 되니 약 60명. 지금 줄을 서도 내 순서가 올 때까지는 분명 빨라도 30분, 한 시간 이상 걸릴지도 모른다.

스마트폰으로 지도를 띄웠다. 조금만 걸어가면 큰길이 나온다. 그곳에는 여기보다 택시가 많이 다닐 게 틀림없다. 이탈하자.

'택시 탔어. 좀 고생했어.'

'그럼, 곧 오겠네. 설렌다.'

이런 밤에 그 사람도 참⋯⋯.

힘들었겠다며 노고를 위로해주는 것보다 나를 기다려주는 그 한마디가 몇 배나 더 치유가 되었다.

무심코 미소를 지으며 화면을 닫았다.

"스마트폰, 편리하죠."

"아, 네."

운전기사가 말을 걸었다.

"전철이 멈춰서 N역에서 내렸는데, 역은 택시 승강장 줄이 길어서⋯⋯. 내려본 적이 없는 역이라 상황을 잘 몰라서 이걸로 지도를 보고 이 길까지 나와봤어요."

"나도 전철이 멈췄다는 소식을 듣고, 손님을 태울 수 있겠다 싶어서 역으로 향하던 중이었어요. 요즘은 경기가 안 좋아서 마냥 달려봤자 아무 소용이 없거든요. 정보가 있는 것과 없는 건 천지 차이니까요."

어쩌면 택시 운전기사용 정보 시스템을 제안할 수 있겠다는 생각이 떠오르며 직업병이 도졌다.

"문자도 눈 깜짝할 사이에 가잖아요. 제대로 읽었는지 안 읽었는지도 알 수 있고. 옛날에는 연애편지를 보내면, 지금쯤 도착했을까, 읽었을까, 며칠씩 전전긍긍했어요. 답장이 안 오면, 읽지도 않고 버렸나, 도중에 어디서 사라진 건 아닌가 이래저래 고민하며 끙끙 앓았죠."

"답장, 왔어요?"

내 질문에 운전기사는 앞을 바라본 채, 아주 잠깐 뜸을 들였다.

"안 온 적도 있었죠."

이쪽에서 대화를 이어갈 말을 찾는 사이, 운전기사가 다시 입을 열었다.

"남자친구한테 갑니까?"

정확하게 짚어냈다.

"차에 타셨을 때, 아름다운 분이다 생각했는데, 스마트폰을 볼 때 표정이 뭐랄까요, 그보다 훨씬 반짝반짝 빛나서. 아니 그게, 뒤에서 화면 조명이 켜져서 자연스럽게 룸미러로 시선이 간 것뿐이지만……. 아무튼 왠지 부럽더군요. 아, 상대 남성이 부럽다는 의미가 아니라, 그런 감정에 젖어드는 손님이."

직진하는 차를 먼저 보낸 후 택시는 우회전을 마쳤고, 그
와 동시에 띡똑띡똑 울리던 방향등 소리가 멈췄다.

"미안합니다. 무심코 쓸데없는 소리를 하고 말았네요. 용
서하세요."

별다른 대답은 하지 않았다.

반짝반짝 빛났다는 내 얼굴은 어떤 표정이었을까.

거울 앞에 서서 자기 얼굴을 보곤 한다. 머리를 말리는 얼
굴이거나 화장하는 얼굴이거나 몸치장을 마치고 나가기
직전에 기운을 북돋우려고 미소를 지어 보이는 얼굴이거
나…… 그런 것들이 거울로 보는 얼굴이다. 그런데 다른 사
람에게는 어떤 얼굴을 보이고 있을까. 누군가에게 보이고 있
을 실제 나의 얼굴을 사실은 본 적이 없지 않은가.

도로 양쪽이 눈에 익은 풍경으로 바뀌어갔다.

"두 번째 신호에서 세워주세요."

등 뒤로 멀어져가는 차 소리를 들으며 맨션 입구로 걸음을
내디뎠다.

"접대 자리였다면서 별로 안 취했네."

"참 나. 여자친구를 맞아들이면서 처음 하는 말이 그거야?"

"환영하는 마음은 문자로 미리 잔뜩 표현했잖아."

분명 표현하긴 했다.

"만원 전철에서 한 시간이나 서 있으면, 술도 다 깨지."

"고생 많았겠다. 나도 기다리다 지쳤어."

"지쳤어?"

"기다리다 지쳤다고. 그렇지만 도모코 얼굴을 보니까 다시 힘이 나."

"그럼, 그럼. 그런 말은 아끼지 말고 좀 더 많이 하시길."

"응. 요망 사항은 가슴 깊이 새겨둘게."

부엌으로 들어가 냄비 뚜껑을 열자 치킨토마토조림이 완성되어 있었다.

"와우, 이게 뭐야, 대단해."

그의 특기 요리다. 근육을 유지하려면 단백질을 많이 섭취해야 한다. 그런 말을 하면서 만들어준 적이 두 번 있다. 카레 맛과 토마토 맛, 버전은 두 가지다.

"접대하면서 뭐 먹었어?"

"이탈리안."

"그럼, 이건 필요 없나? 닭고기를 1킬로그램이나 넣고 만

들었는데."

"먹어, 먹을 거야. 접대 자리에서는 양이 적은 여자처럼 연기했거든. 네가 만든 치킨 요리는 맛있잖아."

"맛있게 안 만들면, 많이 못 먹어. 영양 섭취다 여기고 맛없어도 참아가며 많이 먹기는 상당히 괴로운 음식도 있지. 우리는 식사도 일의 연장선상이니까."

처음 둘이 식사했을 때도 밥 먹는 게 일에 포함된다고 말했다. 그리고 내가 잘 먹는 모습을 보며 무척 기뻐했다.

멀리서 사이렌 소리가 울렸다.

"어디서 불났나? 몇 대씩 꽤 많이 달리는 것 같네."

발코니로 나가봤지만, 아무것도 보이지 않았다.

"남의 집 불은 상관할 거 없어. 빨리 이리 와. 맥주? 아니면 와인?"

"와인이 좋겠지. 맥주 마시면 배불러서 맛있는 닭을 조금밖에 못 먹을 테니까."

"도모코가 먹으면, 나도 한 번 더 먹어야겠다."

냉장고에서 샤르도네를 꺼내왔다. 뚜껑은 이미 따져 있었다.

"이걸 사봤는데, 맛이 아주 좋아. 어차피 도모코가 거의 다

마셔버리겠지만."

이 사람은 운동선수라 평소에는 거의 술을 마시지 않는다. 알코올은 간에 부담을 줘서 피로 회복 속도를 늦춘다. 술은 안 마시고, 아이들처럼 실컷 자고, 피로는 완전히 풀고, 그리고 운동을 많이 한다. 그런 생활을 계속 이어간다.

둘이 있을 때는 술을 조금 마신다. 몸은 나보다 훨씬 크지만, 주량은 나의 절반 정도다. 일 때문에 조금밖에 못 마셔서 마실 때는 맛있는 술을 고른다. 방침이 그렇다.

몸은 마초인데, 그 신체와 투쟁심을 유지하기 위해 자기 상태를 냉정하게 분석했고, 자기를 조절하는 섬세한 마음을 갖췄다.

그런 남자에게 존경하는 마음이 들었다. 이 남자 옆에 있으면, 나도 프로페셔널로서 감내해야 하는 고통을 당연하게 받아들일 수 있다. 지기 싫어하는 나에게, 승리를 자기 일로 삼고 하루 시간의 대부분을 그것을 위해 소비하는 남자가 내 눈앞에 있어준 것이 얼마나 큰 힘이 되었을까.

게다가 매우 즐겁다.

완벽하지는 않다. 완벽한 매칭은 아니다.

그래도 만난 후로 줄곧 더할 나위 없이 기뻤다.

S급 2반, 꽤 강한 모양이다. 그런데 나는 그의 경기를 본 적이 없다. 혹시 보러 올 거면 비밀리에 와달라고 했다. 부모님도 데뷔했을 때 딱 한 번 불렀다고 했다.

상당히 강하지만 승부 세계인 만큼 지게 마련이다. 승부사인 그에게는 1등으로 결승선을 통과하는 것만이 '승리'고, 그 외에는 2등이든 9등이든 똑같은 '패배'라 당연히 이길 때보다는 질 때가 많은 법이다.

이기는 모습만 보이고 싶다니, 대체 승부욕이 얼마나 강한 거냐고 말하자 그게 일이기 때문이라는 반론이 불가능한 대답이 돌아왔다. 그리고 도모코는 승패가 달린 일이 아닌데도 쓸데없이 승부욕이 강하다는, 이 또한 반론할 수 없는 말을 듣고 말았다.

말씨름에 지는 건 분했지만, 옛날부터 나를 말로 이기는 남자에게 반했다.

큰 덩치로 부엌을 드나들며 치즈에 토마토에 브로콜리, 주키니를 큰 접시에 담아냈다. 이 집에서 나는 손님이고 대접받는 쪽이라 즐겁게 안주를 준비하는 그를 바라보며 내 잔에 와인을 따랐다. 냉장고 안에 똑같은 술이 한 병 더 들어 있는 건 이미 확인했다.

이 얼마나 행복한 시간인가.

이렇게 행복한 시간을 왜 스스로 놓아버리려는 걸까.

'상당히 강한' 그가 S급 2반에서 A급 1반으로 강등될지도 모른다는 얘기는 네 달 전쯤 들었다. 그의 경기 성적은 신경 쓰지 않았다. 여전히 대체적으로 그럭저럭 괜찮은 순위로 달리며, 꽤 많이 이길 거라고 생각했다.

"그럭저럭 괜찮은 순위의 내용이 안 좋아."

"원인은 알아?"

"연습량을 못 늘리는 거지."

"왜?"

"왼쪽 허벅지 뒤쪽 근육에 부상을 입었어."

"대퇴이두근?"

그와 사귀기 시작한 후, 근육 명칭을 공부했다.

"그보다 안쪽에 있는 반막양근이라는 가느다란 근육에 염증이 생겼어."

"못 고쳐?"

"평범하게 생활하는 데는 지장 없어. 경기에는 지장 있지. 아마 연습을 안 하면 낫겠지만, 연습을 줄이면 이길 수 없지. 그 결과가 나타나기 시작했어."

"큰맘 먹고 한번 쉬어보면 어때?"

"그랬다간 복귀할 자신이 없어."

"넌 괜찮을 거야."

"모르는 소리 하지 마. 열여덟 살부터 서른세 살인 지금까지 계속 프로 트레이닝을 계속해왔어. 하루만 쉬어도 힘이 약해지는 걸 실감해. 게다가 하루 쉬는 정도로는 염증이 낫지도 않아."

"서른세 살이나 먹었는데, 젊은 시절이랑 똑같이 트레이닝하면 몸이 망가지는 건 뻔하지."

"그건 나도 알아."

"알면 연습량을 줄일 수밖에 없잖아. 처음 만났을 때, 네가 말했어. 오래 계속할 수 있는 경기라서 경륜을 선택했다고. 마흔네 살에 S급 S반이 된 사람도 있다. 쉰여덟 살에 우승한 사람도 있다. 예순여덟 살에 경기에 출전한 사람도 있다. 그렇게 말했잖아."

"맞아, 그랬지."

"나랑 열흘 정도 여행 갈까?"

그가 입을 다물었다.

"그냥 쉬기만 하면 불안할 테니까. 대신 즐거운 걸 하면 좋
잖아. 이제 곧 10년 근속이라 특별휴가 받을 수 있거든. 둘이
여행 가서 애욕에 푹 빠져서 연습을 소홀히 하면 되겠네. 그
래서 A급으로 한번 떨어져도 괜찮잖아."

여전히 입을 다물고 있었다.

"농담이야."

실은 거의 진심이었지만, 그렇게 말했다.

"다정하게 대해주지 마."

불쑥 내뱉었다. 그런 표현을 쓰는 그에게 이쪽이 동요했
다. 이어지는 목소리는 조금 컸다.

"왜 그렇게 다정하게 굴어."

이번에는 내가 입을 다물었다. 할 말을 찾을 수가 없었다.

"난 네가 S급이든 A급이든 신경 안 써."

"널 위해서 경주하잖아!"

그의 큰 목소리가 방 안에 울려 퍼진 후, 두 사람 다 입을
열 수가 없었다.

그때부터 외로움이 느껴지기 시작했다.

그의 뭔가를 공유하려 한 적도 없었고, 그 또한 나의 뭔가

를 공유하길 원치 않았을 것이다.

각자 자기 분야에서 싸운다.

둘이 있을 때는 그때만 얻을 수 있는 시간을 보낸다.

줄곧 그렇게 지내왔다. 그리고 아무런 불만도 없었다. 그랬는데 '원치도 않았던 것'이 손에 들어오지 않는다는 걸 알아버린 순간, 너무나 외로워서 견딜 수가 없었다.

도저히 참을 수 없어서 충동적으로 시간을 내서 만난 적도 있다. 그럴 때도 만나면 늘 즐거웠다.

인터폰 카메라 앞에서 이상한 표정을 짓기도 하고, 토마토소스에 오레가노를 너무 많이 넣어서 토마토를 한 병 더 통째로 붓고, 흘러넘칠 것 같은 토마토소스 바닥에서 치킨을 건져 먹기도 하고…….

웃음이 끊이지 않았다.

평소와 똑같이 지냈고, 평소와 똑같이 즐거웠다.

그런데도 마음속 깊은 곳은 외로웠다.

처음 만난 후로 줄곧 오랫동안 서로 자연스럽게 행동하는 상대 곁에 있는 자기 자신에게도 익숙해졌다.

지금은 다르다.

자연스럽게 행동하는 척한다. 자연스럽게 행동하는 척하

는 상대를 알아챈다.

즐겁지만 뭔가 다르다. 행복하지만 외롭다.

그래서 어젯밤에 편지를 썼다.

분명 파탄에 이른다. 그가 약해지는 근육을 두려워하듯이, 휴식을 취해야만 하는 현실을 받아들이기 두려워하듯이, 나는 행복한 시간의 미래를 두려워한다. 불과 2년이지만, 그동안 지극히 자연스러웠던 소중한 존재가 눈앞에서 망가져가는 모습을 가만히 지켜보기가 두렵다.

아침에 회사로 출근하는 길에 헤어지자고 쓴 편지를 우체통에 넣었다.

낮 동안 아무렇지 않게 일에 몰두하는 데는 성공했다.

일에서 벗어난 순간, 마지막 밤을 제대로 맞이할 자신이 없어서 개찰구로 곧장 갈 수가 없었다.

오늘 밤은 두 사람 다 더 이상은 완벽할 수 없을 정도로 '자연스럽게 행동하는 연기'를 하고 있다.

완벽하다.

농담을 실컷 주고받고, 와인과 함께 맛있는 치킨을 배불리 먹고, 같이 음악을 고르고, 평온한 시간을 보내고 있다.

잠시 후면 땀에 젖은 채 침대로 들어가서 열반불과 관찰자가 될 것이다.

여느 때와 다름없이 그의 아침식사는 날달걀을 얹은 밥 두 그릇이고, 나의 아침식사는 메이플시럽까지 제대로 뿌린 팬케이크다. 그리고 파인애플.

"그럼, 다녀올게"라고 인사를 건네고 평소처럼 그의 집을 나섰다.

나는 걸어서 5분 거리인 역 반대편에 있는 집으로 돌아가 옷을 갈아입고 회사로 향한다.

그는 그 후, 쉬는 날에 늘 하는 트레이닝을 시작한다. 회사에 출근한 나는 노도와 같은 프로젝트에 몰두한다.

그가 사는 지역에 우편물이 도착히는 것은 아마 이른 오후 시각이다. 운동을 마치고 돌아오는 시간은 언제쯤일까.

쓰라린 아픔을 겪을 바에는 두 사람이 알기 전으로 돌아가면 된다.

그런 생각을 하는 중에 밤은 깊어갔다.

"일단, 라면 어때?"

사무실에서 사장이 물었다. 둘 다 일은 아직 끝나지 않았다. 이제 곧 밤 9시로 접어드는 시간이었다. 나름 훌륭하다. 그를 잊고 이 시간까지 일에 전념했다.

"가방, 가지고 올게요."

잰걸음으로 라커룸으로 들어갔다. 가방을 꺼내고, 습관처럼 부재중 전화를 확인했다.

'뉴스에 나왔는지는 모르겠지만, 어젯밤에 사이렌 소리 들렸잖아. 그게, 우리 집 근처 우체국에서 불이 났나 봐. 우편물이 다 타버린 모양이야. 그렇다고 딱히 무슨 상관이 있는 건 아니지만, 왠지 너에게 알려주고 싶었어. 그래서 부재중 전화에 녹음하는 거야. 이젠 젊지 않으니까 일 너무 열심히 하지 마. 나도 부상 확실하게 치료할게.'

바보…….

한 줄기 눈물이 흘러내렸다.

우체국에 화재가 났는데, 뉴스에 안 나올 리가 없잖아.

심호흡을 크게 세 번 했다. 콤팩트를 꺼내서 화장을 확인했다.

휴대용 휴지 두 장으로 원래 시오타 도모코로 돌아왔다.

사장한테 차슈멘(구운 돼지고기와 버섯을 넣은 중국 국수 - 옮긴이)을 곱빼기로 사달라고 해야지. 만두도 추가하고.

제4화

오므려지지 않는 가위

집에 가도 어머니는 없다.

저녁 머을 시당 대신 들른 아담한 선술집에서 다가하시라는 옆자리 손님과 얘기를 나눴다.

"직업은?"

"직장인입니다. 속 편한 사람이죠."

"뭐, 속은 편하겠군."

"그 말은 좀 심한데요."

발끈했다. 분명 내 입으로 속 편하다는 말을 하긴 했다. 그렇지만 상대가 바로 인정해버리니 기분이 좋지는 않았다.

초면인 손님과 손님. 상대에 관해 꼬치꼬치 캐물을 수는 없는 노릇이다. 요즘 몹시 덥다는 날씨 얘기와 프로야구 결과 다음 얘기로 분명 별지장 없을 화제로 '직업은?'이라고 물었을 뿐이다. 상대의 나이는 아마도 60대 중반.

"어어, 기분이 상했다면 미안하오. 나도 직장인이었기 때문에 회사 생활이 얼마나 힘든지는 잘 알아요."

언짢은 표정을 보이고 만 것을 반성하기 시작했다.

"직장인은 직장인대로 분명 힘들었지. 그런데 쉰여덟 살에 조기 퇴직하고, 아버지 가게를 이어받아 문구점을 하게 됐어요."

다카하시 씨는 빈 잔에 구로키리시마라는 술을 따르고 물과 얼음을 넣었다.

"아버지가 살짝 치매가 와서 말이야."

얼음막대를 얼음통에 다시 넣었다. 얼음에서 작은 소리가 났다.

"발주를 잘못해서 지우개를 1,000개나 주문하는 등의 실수가 몇 번이나 계속됐거든."

머릿속으로 지우개 1,000개 더미를 떠올려보려 했지만, 이미지가 전혀 떠오르지 않았다. 다카하시 씨의 문구점에서는 지우개가 한 달에 몇 개나 팔릴까.

"나도 직장 생활 할 때는 어쨌든 관리직이었지. 그런데 가게를 이어받으니까 작은 가게긴 하지만 별안간 경영자잖소. 일국의 왕이라고 하면 듣기야 좋겠지만, 사장 겸 신입사원이지."

"쉰여덟 살에 신입사원이고, 게다가 사장이라고요?"

자기 자신에게 들려주듯 상대의 말을 되풀이했다.

"지금 융통에서 가게 청소까지 해야 하죠."

싫은 것처럼 들리지는 않았다.

한잔 하겠냐고 권해서 잘 마시겠다며 술잔에 따라주는 고구마 소주를 받았다. 물은 내 손으로 직접 따랐다. 집안 상황도 있어서 과하게 취할 순 없었지만, 눈앞에 있는 남자 얘기를 좀 더 들어보고 싶어졌다.

"회사에서도 예산 달성이니 책임 업무량 같은 게 있긴 했지만, 그걸 못한다고 회사가 망하진 않아요. 월급날에는 은행 잔고가 어김없이 불어나고."

"그렇죠."

"직장인일 때는 당연했던 것들이 얼마나 고마운지 직접 장사를 해보면 알게 됩니다."

우리 집도 아버지가 이발소를 경영한다. 그 아버지는 지금 암으로 입원한 상태다. 어머니는 혼자 가게를 꾸려나가며 매일같이 병원에 다닌다.

피곤에 지친 어머니의 얼굴이 떠올랐다.

요즘은 가게를 한 시간 일찍 닫고, 저녁식사 시간에 맞춰서 아버지의 병실로 간다.

"옛날에는 아이들 상대하는 장사였죠. 근처에 초등학교가 있어서 공책이니 연필이니 사러 왔어요. 100엔, 200엔 모아서 10만 엔 매상을 올리려면 공책을 1,000권은 팔아야 해요. 그런데 아이들도 줄었죠. 게다가 신학기라고 해서 꼭 동네 문구점에서 필요한 학용품을 사는 것도 아니고. 편의점에도 있고, 대형 마트에도 문구 코너가 있잖습니까. 종류도 풍부하고요. 지금은 근처 상점이나 사무실 상대예요. 상점가는 절반쯤 셔터를 내렸지만, 그 대신 역 앞 재개발 공사로 사무실이 들어와서 그나마 다행이죠. 다만, 통신판매에 뒤지지 않게 바로바로 배달해주지 않으면 우리를 이용하지 않아요. 회사에 재고를 쌓아두지 않아도 이거랑 이거랑 이것만은 전화 한 통이면 30분 안에 배달해줘야 해요. 우리 같은 동네 문구점이 대기업이나 통신판매업체와 경쟁해서 이길 수 있는 요소는 속도뿐이니까. 그리고 또 볼펜 교체 심이나 클리어홀더, 그리고 복사용지 같은 것도 마찬가지죠. 중요한 소모품

은 상자에 넣어줘야 하죠. 총무과를 방문해서 평소에 뭘 사는지 알려달라고 해서 그 상위 목록을 열 종류나 스무 종류쯤 조사해둬요. 그리고 1주일에 한 번, 보충하러 가죠. 그리고 월말에 사용한 양만큼 정산해서 대금을 받는 겁니다. 도야마의 약 판매 방식富山の藥賣り(예로부터 전해온 약 판매 방식으로, 전국을 돌며 집집마다 약을 비치해두고 다음에 갔을 때 사용한 만큼만 정산하고 다시 보충해주는 방식이다 - 옮긴이)이에요. 그러면 총무과 직원은 재고 관리하는 수고는 덜겠죠? 경리 직원은 재고를 줄여서 좋아합니다. 자연스럽게 1주일에 한 번 단골 거래처를 방문할 구실이 생기죠. 직접 가다 보면 목록에 없는 물품 주문을 따낼 수도 있어요. 철제 캐비닛을 판매한 적도 있죠. 뭐, 그런 식으로 그럭저럭."

사교적인 인사로 시작한 얘기가 어느새 열기를 띠었다.

"1주일에 한 번 방문하는 건 회사 분위기를 살피려는 목적도 있어요. 외상 판매니까. 이런 말 하긴 좀 그렇지만, 요즘은 어떤 회사든 언제 망할지 모르잖습니까. 가까스로 빠듯하게 경영하다 보니 대금을 못 받으면, 우리가 당장 망해버리죠."

고생스러운 얘기인데도 표정은 밝았다.

이 사람은 회사원 시절에도 분명 우수했을 것이다. 자기 아이디어로 가게를 경영해가는 걸 즐기고 있다. 지금 하는 일을 사랑한다.

"그런데 말이죠, 아무리 애를 써도 돈은 안 벌려요. 매장이 우리 건물이라 임대료가 안 나가니 가까스로 버티긴 해요. 생활비는 연금으로 그럭저럭 해결하고. 그렇잖아요, 계속 직장 생활을 했으니 국민연금은 나오니까. 솔직히 말해 연금을 받기 전에는 직장에서 받은 퇴직금을 다 거덜 낼 뻔했어요."

다카하시 씨가 돌연 먼 허공으로 시선을 돌렸다.

"손님은 있으니 내가 건강한 동안은 어떻게든 계속하겠지만, 아들이나 손자에게 이어받으라는 말은 도저히 못해요."

"아드님은 몇 살이에요?"

"서른여덟이었나."

"그럼, 저랑 동갑이네요."

아버지도 이 사람과 거의 동년배다. 그런데 다카하시 씨는 건강하고, 아버지는 병에 걸렸다.

가게 위치를 물어보니 바로 옆 동네였다. 옛날에는 잘나가는 상점가였다. 어린 시절 아케이드에서 이벤트를 열면 막과자와 요요를 받는 게 신나서 자전거를 타고 일부러 찾아가곤 했다.

오랜만에 그 상점가에 가서 다카하시 씨의 문구점을 들러 보고 싶어졌다. 뭘 사야 하나 생각했지만, 바로 떠오르지는 않았다.

"좋은 상점가죠."

"옛날에는 그랬죠."

그렇게 대답한 다카하시 씨가 눈앞의 상자에서 담배 한 개비를 꺼냈다.

"지금은 셔터 거리예요."

입을 오므리며 뿜어내는 연기가 한숨 같았다.

"어린 시절에 막과자가게랑 책방에는 가본 적이 있어요."

"양쪽 다 폐점한 지 오래예요. 후계자가 없어서."

"그래요?"

"다 마찬가지예요. 이발소도 작년에 없어졌어요. 미용실이 있긴 한데, 다 늙은 나이에 들어갈 용기도 없고."

"아 네, 헤어커트는 새로운 데 가기 힘들죠."

자기도 그렇게 생각하지만, 손님이 그런 말을 하는 걸 자주 듣곤 했다.

시내 동네에서 태어나 어린 시절부터 꾸준히 머리를 자르러 오는 손님이 많았다. 그 대신 그런 손님들이 이사를 가거나 세상을 떠나서 고객이 줄어가는 한편, 새로 가게를 찾는 손님은 별로 없었다.

"옆 동네 상점가에 시바야마라는 이발소가 있는데, 지금은 거기 다녀요."

깜짝 놀랐다.

"그건, 우리 집이에요!"

"어, 그래요? 당신이 시바야마 씨예요? 그럼, 가게를 하시는 분은 당신 아버님?"

"맞아요! 이용해주셔서 감사합니다."

"그렇군. 야아, 놀랐는걸."

"저도 놀랐습니다."

"아버님, 솜씨가 좋으시던데."

겉치레 인사말이 아니었다. 이쪽을 바라보며 시선을 피하지 않았다.

"처음 갔을 때 말이죠, '어떤 식으로 해드릴까요?'라고 흔히 묻잖아요. 좀 곤란하더군요. 몇십 년이나 같은 곳에 다녔으니 어떤 식으로 잘라달라고 설명해본 적이 없었으니까. 말없이 앉아 있으면, 평소대로 알아서 해주잖습니까."

"정말 그렇죠."

"대답을 못하고 한동안 입을 다물고 있으니까 '지난번에 언제쯤 잘랐습니까?'라고 물어서 4주 전이라고 대답했어요. '같은 스타일로 해드리면 되나요?'라고 하기에 그러라고 했죠. 그랬더니 '실례하겠습니다'라면서 내 머리에 손을 넣고 한참 동안 이리저리 손으로 빗질하듯 들척이더니, '알겠습니다'라는 겁니다. 그러다 얼마 후 끝났는데…… 깜짝 놀랐어요. 내가 원했던 그대로였어요. 처음 간 곳인데, 평소랑 완전히 똑같이 완성됐죠."

나이 지긋한 다카하시 씨가 초등학생처럼 눈빛을 반짝이며 얘기를 풀어놓았다. 엄마, 오늘 학교에서 이런 일이 있었어. 집으로 돌아오자마자 큰 목소리로 떠들어대는 아이처럼.

아버지의 솜씨를 칭찬받으니 기쁘긴 했지만, 어떻게 반응해야 할지 알 수가 없었다.

"감사합니다."

무엇에 대한 감사인지 애매하지만, 다른 말은 떠오르지 않았다.

"3주 전에도 다녀왔어요."

"어머니가 커트했죠?"

"맞아요. 최근에는 내가 갈 때마다 주인장이 안 계셔서."

입원했다는 말을 할까 말까 망설였다.

"처음에 어머님만 계실 때는 다음에 다시 올까 했는데, 괜찮으시면 깎아드리겠다고 자연스럽게 말씀하셔서 이왕 간 김에 '그럼, 부탁합니다'라고 했죠. 그런데 어떻게 깎으면 되겠냐고 묻지도 않고 '평소처럼 해드리면 될까요?'라고 해서 무심코 '네'라고 대답했어요. 그렇지만 어머님은 처음이잖아요. 늘 아버님이 깎아줬으니까. 그런데 '평소처럼'이라니……."

"평소랑 똑같았나요?"

"똑같았어요. 정말 놀랐어요."

"가게 사람 누가 해도, 아버지가 없어도 손님에게 똑같은 서비스를 제공할 수 있도록, 오랜 세월 그렇게 가게를 운영해왔어요."

"어떻게 하면 그럴 수 있죠? 완성된 커트 사진을 찍어서 카르테에 보관하는 것 같지도 않던데."

"아버지가 있을 때도 샴푸는 어머니가 해주셨죠?"

"그랬죠. 부부가 늘 함께 운영하셨더군요. 부러워요."

"어머니는 머리를 감겨드리면서 고객의 머릿결과 아버지가 완성해놓은 스타일을 봐요. 언뜻 보이는 형태만이 아니라, 손으로 직접 만지면서 밖에서는 보이지 않는, 아버지가 머리 형태에 심어둔 '구조' 같은 것까지."

"그런데 커트, 면도, 샴푸로 요금을 각각 나눠놨잖습니까."

"네. 저렴하게 커트로만 끝내고 싶어 하는 손님이 많아서 고안해낸 고육지책인 셈이죠."

"머리를 안 감는 사람이면, 그게 불가능할 텐데?"

"처음 오신 손님은 서비스로 샴푸를 해드려요."

"아, 맞다."

다카하시 씨는 '오호' 하고 감탄사를 내뱉듯 입을 살짝 오므렸다.

"과연. 분명 그랬지."

"어머니는 어머니 나름대로 아버지가 커트한 손님에게 만족을 드리려고 그런 과정에서 데이터를 모으죠."

"대단하시네."

"그런 걸 좋아해요. 저희 부모님은 머리 오타쿠(어떤 분야나 사항에 대하여 이상할 정도로 열중하며 집착하는 사람 – 옮긴이)라서. 미용학교에서 만나 서로 열심히 연구하는 점에 끌렸던 모양이니, 손님 이름은 잊어버려도 머리를 만지면 떠오를 정도죠."

다카하시 씨가 부드러운 미소를 머금었다.

"시바야마 씨, 형제는?"

"외동입니다."

"그럼, 가게를 이어받을 후계자가 없다는 뜻이군요. 하긴, 그렇지. 개인 상점을 이어받아도 장래가 보이질 않으니까."

가슴이 아팠다.

"다른 무엇보다 자기 가게를 아무리 열심히 해도 주위에서 점점 폐업해서 상점가 자체가 죽어버리면 어쩔 도리가 없지. 우리도 마찬가지지만."

"저도 이용사 자격증이 있긴 합니다."

"호오. 그건 잘됐군."

"고등학생 때, 미용학교 야간 과정에 다녔어요. 미용사 지망생은 많았지만 이용사 야간부는 스무 명 정도뿐이었고, 수강생 대부분은 가업이 이발소였죠."

"현실이 그렇군요."

"미용사가 되고 싶어 하는 녀석은 있어도, 자기 집에서 이발소를 하지 않는 한 이용사가 되려는 녀석은 없으니까요."

"그럴지도 모르겠군. 그나저나 자격증이 있는데 아깝네. 그리 쉽게 따는 건 아닐 텐데?"

"국가시험 합격률은 그때그때 다르지만, 어려운 시험은

아니에요. 그렇지만 시간과 돈은 들죠. 전문학교는 2년 과정이지만, 다 합하면 200만 엔은 넘게 들었을 거예요. 아버지 어머니가 손님 몇 명의 머리를 잘라야 하는 돈인가 생각하면 많이 죄송하죠."

"부모는 자식을 위해서라면 무슨 수를 써서든 내줍니다."

그렇게 말한 다카하시 씨는 이쪽을 보지 않았다. 나는 결혼도 하지 않았다. 물론 자식도 없다.

"통신 과정이라도 괜찮다고 했어요. 그쪽은 3년이 걸리지만, 훨씬 싸거든요. 학비만 따지면, 3년에 60만 엔 정도예요. 차이가 크죠? 그런데도 아버지는 '학교에 다녀'라고 하시더군요. 학교에서 새로운 기술을 익혀 자기한테도 알려달라고. 제가 밤늦게 교과서를 펼치고 공부하고 있으면, 옆에서 들여다보면서 '호오, 옛날에는 이런 건 없었어'라고 말하곤 했어요. 아주 기쁜 듯이 말이죠."

다카하시 씨가 응응 하며 고개를 끄덕였다.

"실기는 집에 선생님이 있으니 문제없었고."

"착한 아드님이네."

"결국 가업을 잇지 않고 직장인이 됐으니 착하진 않죠. 거금을 투자했는데, 부모님의 기대에 부응하지 못했어요."

술을 다시 권했지만, 사양했다.

"2년간 미용학교에 다니고, 국가시험은 한 번에 합격해서 고 3 때부터는 대학 입시 공부에만 전념할 수 있었어요. 통신 교육을 받았다면 3년 걸렸을 테니, 입시 공부를 할 여유가 없었겠지만……."

"통신교육을 받았으면, 가업을 이어받았을지도 모른다?"

"그랬을지도 모르죠."

"일부러 학비가 비싼 쪽으로 보내서 부모로서는 상당히 버거운 지출이었겠군."

"어쩌면 뒤로 못 물러나게 그렇게 했을지도 모르지만."

"역시 대학에 가고 싶었군요."

"뭐, 그런 셈이죠. 대학도 가고 싶긴 했지만, 아마 그보다는 다른 애들이랑 똑같은 고등학교 생활을 하고 싶었을 거예요. 야간에 미용학원에 다녀서 특별활동부에도 못 들었고, 방과 후에 반 친구들이랑 시내에 나가서 놀지도 못했어요."

"다른 애들이랑 똑같은 고등학교 생활이 입시 공부였나요?"

"이상하죠."

"이상하군요. 이해는 가지만."

두 사람 다 그쯤에서 입을 다물었다.

카운터 안에서 프라이팬에 뭔가를 볶는 소리가 들렸다.

그 소리가 소나기 빗줄기 같아서 신기하게도 마음이 편안해졌다.

갑작스런 비를 만난 다카하시 씨와 내가 어느 처마 밑으로 뛰어들어 비를 긋고 있다. 시간과 또 다른 무언가를 공유하는 듯한 기분이 들었다.

그것이 무엇인지는 알 수 없다. 알 수 없지만, 다카하시 씨와 대화를 함으로써 아버지가 입원한 후로 줄곧 마음속에 울적하게 가라앉았던 것이 움직이며, (밖으로 나오진 않았어도) 얼마간 부드럽게 풀린 듯한 기분이었다.

"반년쯤 전인데."

아버지의 암이 발견되기 직전이다.

"저녁 무렵이 돼서 갑자기 머리를 자르고 싶더라고. 머리가 길어도 아무렇지 않았는데, 어느 순간 뺨에 머리칼이 걸리는데, 몹시 거슬릴 때가 있잖아요."

"뭔지 알아요."

"곧 가게를 닫을 시간이라 미안한 마음에 전화를 했어요. 지금 가도 되겠느냐고. 레스토랑으로 비교하자면 마지막 주문 시간 같은 게 있을지도 모르니까. 괜찮다고 하시기에 그럼 바로 가겠다, 15분 정도면 갈 수 있겠다고……. 그런데 꼭 하필 그럴 때면, 막 나가는데 전화가 오곤 하잖아요. 결국 가게에 도착하는 데 30분가량이나 걸리고 말았어요. 서둘러 자전거를 타고 가서 가게 문을 열었더니, 아버님이 의자를 출입구 쪽으로 돌리고 등받이 뒤에 서서 기다리고 계시지 않겠어요. 혹시 아버님이 30분이나 계속 그렇게 서서 날 기다린 건 아닌가 싶더군요."

"아뇨, 설마 그렇진 않았겠죠."

말은 그렇게 했지만, 우리 아버지라면 그러고도 남을지 모른다고 생각했다.

가슴팍에서 휴대전화가 진동으로 흔들렸다.

부드러워졌던 표정이 순식간에 굳었다.

'지금 바로 전화해줘.'

어머니가 보낸 문자였다.

급히 뛰어오른 전철은 빈 손잡이가 거의 없을 정도로 혼잡했다.

시각은 이제 곧 밤 10시.

전화로 들은, 비명을 억누른 듯한 어머니의 목소리가 귓전에 남아 있었다.

"지금 바로 병원으로 와야겠다. 아버지 상태가 갑자기 안좋아졌어. 의사 선생님이 그러는데, 오늘 밤이 고비래."

전화가 연결되자마자 어머니는 흥분한 말투로 단숨에 얘기를 쏟아놓았다.

"오늘 밤이 고비라면, 내일 아침까지도 못 버틸지 모른다는 뜻이야?"

"이미 의식이 없어. 최고 혈압도 80까지 내려갔고. 산소호흡기를 꽂았단다."

상기된 목소리였다.

"저녁식사는 늘 그렇듯이 같이 먹었어. 그때까지 아무렇지도 않았거든. 이 병원의 언두부는 맛이 없다고 평소처럼 불평도 했고."

아버지는 성대 절제 수술을 받았다. 불평도 필담으로 한다.

"의사 선생님이 아드님을 부르라고 하셔서 문자를 보냈단다. 아무튼 빨리 와줬으면 좋겠다."

아드님을 부르십시오.

의사는 이제 여명이 얼마 남지 않았다는 말을 가족들에게 그렇게 전하는 걸까.

전화를 끊고 서둘러 가게 안으로 들어가 허둥지둥 계산을
마치고 밖으로 나왔다. 다카하시 씨에게는 급한 일이 생겼다
고만 말했다.

출입구 앞에 멈춰 서서 집에 들러 뭘 좀 챙겨가는 게 좋을
지 모른다는 생각을 했다. 그러나 아무것도 떠오르지 않았
다. 생각할 여유가 없었다.

어머니에게 물어보려고 했지만, 전화가 연결되지 않았다.
1인실로 옮겨서 병실에서도 휴대전화를 쓸 수 있다는 말을
분명 듣긴 했는데, 정신을 차려보니 새 병실 번호도 물어보
지 않았다. 일단 병원에 가면 알 수 있겠지.

"한두 시간 안에 무슨 일이 생기진 않을 거야."

의사가 그렇게 말했는지, 아니면 어머니가 멋대로 그렇게
생각하는 건지도 확인하지 못했다. 어느 쪽이든 조금이라도
빨리 아버지가 계신 병원으로 달려가야 한다. 한시가 급하다.

처음에는 가까운 차량 연결부에서 쾅 하고 부딪히는 소리
가 들렸다.

연속적으로 쇳소리가 들리는가 싶더니 곧바로 차량이 급
격하게 속도를 낮췄다. 손잡이가 일제히 삐걱거리고, 여기저

기에서 나지막한 비명이 터졌다.

손잡이를 잡은 팔이 순식간에 홱 당겨졌고, 뒤에서 밀려오는 몇 명 몫의 체중을 감당해낼 수밖에 없었다.

손을 놓으면, 나도 주위 사람들과 함께 우르르 누군가에게 체중을 싣게 되겠지.

발은 못 움직인 채로 비좁은 틈을 향해 떠밀린 상체가 기울며 쓰러지고, 그 위로 사람들이 덮치듯 포개진다. 그런 이미지가 머릿속을 훑고 지나갔다.

갈비뼈가 부러지고, 그것이 내 몸속에서 폐를 찌르며 찢는 뢴트겐 이미지.

누군가의 옆구리에 낀 채로 팔만 남긴 내가 바닥에 쓰러지면, 어깨의 가동 범위는 억지로 벌어져서 부러진 쇄골이 피부를 찢고 나오고, 다음 순간에는 목을 찌를지도 모른다.

왜 하필 오늘 이런 섬뜩한 상상만 떠오를까.

공포의 시간은 한순간에 끝나고, 열차는 이미 속도를 잃은 상태였다.

끝까지 당겨졌던 팔이 서서히 부드러워질 즈음, 스피커에서 차장 목소리가 흘러나왔다.

—바쁘신 와중에 불편을 끼쳐드려 대단히 죄송합니다. 정

지신호를 수신하여 지금 막 긴급하게 정지했습니다.

열차가 멈춘 것은 누구나 다 안다.

"사고 났나?"

보이지 않는 곳에서 누군가가 말했다.

지금까지는 주행 소리에 묻혀 있었는지 누군가의 이어폰에서 메마른 음악 소리가 들려왔다. 사람들이 일제히 귀를 기울이는 기척이 느껴졌다.

—바쁘신 와중에 불편을 끼쳐드려 대단히 죄송합니다.

조금 전과 조금도 다르지 않은 안내방송이 되풀이되었다.

—방금 다음 정차역인 K역에서 인사사고가 발생한 관계로 급정차했습니다.

또 인사사고야.

멀리서 누군가의 목소리가 들렸다. 그 밖에는 아무도 말이 없었다. 대충 둘러봐도 남녀가 100명가량은 있었지만, 하나같이 얼굴 표정 하나 안 바뀌고 말없이 서 있었다. 스마트폰을 손에 든 사람은 고개를 숙이고 있고, 아무것도 없는 사람은 이따금 고개를 들어 하릴없이 차 안의 광고를 쳐다보곤한다.

차 안에 동요한 기색은 보이지 않았다. 누구에게나 일상에서 흔히 일어나는 상황에 불과했다.

아마도 사람이 죽었을 텐데.

마음속으로 그렇게 중얼거린 순간, 감정이 북받쳤다.

이럴 때 죽지 마세요.

소리쳐 외치고 싶었다.

의식을 잃고 개인 병실로 옮겨진 아버지의 병상으로 부리나케 달려가는 중이다. 왜 하필 이런 상황에 전철이 멈춰 서냐고!

아버지의 죽음은 각오한 지 오래다. 반년 전, 가벼운 심장 발작으로 구급차에 실려 갔고, 검사를 받는 중에 암이 발견되었다.

하인두암下咽頭癌.

이 암이 발견됐을 때는 대부분 병이 상당히 진행된 상태다. 아버지의 경우도 그랬다. 4기. 문헌으로 조사해본 단순한 통계로는 5년 생존율이 30~40퍼센트라고 나와 있었다. 그런데 의사의 소견으로는 아버지의 경우 훨씬 더 심각한 것 같았다. 후두에 침윤해서 림프샘에도 전이되었다.

곧바로 수술했다. 하인두, 후두, 경부식도 절제술. 그래서 목소리를 잃었다.

처음에 아버지는 수술도 방사선치료도 하지 않겠다고 했다.

"수술하면 일을 못해."

"왜? 손도 발도 아닌데?"

"목소리가 안 나오잖아."

"목소리가 무슨 대수라고. 목숨이 더 중요하지."

"나는 이발사야."

처음에는 그 말의 의미를 이해하지 못했다.

"한마디도 안 하는 우울한 이용사에게 머리를 깎으면, 손님이 즐겁겠니?"

이발소에서 대화하는 게 귀찮다고 하는 사람도 있다. 그렇게 받아치려다 말을 삼켰다.

이발소 담화.

오래된 손님들 중에는 그것을 즐기는 사람도 있다. 가벼운 대화의 실마리가 될 수 있도록 가게에는 음악이 아니라 라디오를 틀어놓는다.

"내가 아는 사람 중에도 장애가 있어서 말을 못하는 이발사가 있어. 훌륭한 사람이지. 솜씨도 좋아. 단골손님도 확실하게 있고. 그 사람은 그 사람 나름대로 이발소를 운영해. 손님이 그곳을 찾아주지. 그럼 되는 거야. 하지만 난 시바야마

이발소 주인이야. 난 지금 성대를 자를까 말까, 이렇게 선택할 수 있지. 내가 이상으로 여기는 가게를 계속 경영해왔어. 내 가게의 운영 방식은 내가 정하고 싶다.”

성대를 잃고, 아마 미각도 거의 잃게 될 것이다. 식도 일부분을 절제한 후, 남은 식도를 밑에서 끄집어 올려 위에 이어 붙이는 수술 방식이라는 말을 들었을 때는 말 그대로 몸이 오그라드는 느낌이었다. 그런데도 생존율은 그다지 높아지지 않는다.

병과 싸우지 않겠다고 선언했을 때, 아버지는 자기의 남은 인생을 확실하게 다시 그렸다.

그러나 가족 입장에서는 그럴 수가 없었다.

갑자기 들이닥친 아버지의 죽음을 마주할 수 없었다. 아버지는 자기의 남은 인생을 살아가면 되지만, 가족은 아버지가 떠난 후의 인생을 살아가야 한다.

미용학교에서 만난 후로 어머니에게 아버지는 연인이자 남편이었다. 그리고 어쩌면 그 이상으로 같은 일을 하는 동지였다. 어머니의 지금 인생은 모두 아버지와 함께 만들어낸 것이다.

아들인 나도 마찬가지다. 아버지는 자택 겸 가게에 늘 있었다. 학교에 다닐 때도, 직장인이 된 후에도 집에 돌아오면 그곳에 항상 아버지가 있었다.

어머니와 나는 아버지를 잃는 걸 상상할 수조차 없고, 받아들일 수도 없었다. 아버지가 없는 시바야마 가정을 도저히 떠올릴 수 없었다.

완고하게 치료를 거부하려는 아버지에게 어머니와 나는 하나가 되어 제발 치료를 받아달라고 애원했다.

"아버지, 아버지 자신을 위해서가 아니에요, 가족을 위해서라고 생각하고 치료를 받아주세요."

그렇게 애원했다.

치료해서 최소한 2년이라도 더, 아니 1년이라도 더 살아주길 바랐는데……. 왜 이렇게 빨리…….

남은 시간이 이렇게 짧은 줄 알았다면, 아버지 말대로 치료 따윈 안 받고 평소대로 지낸 편이 몇백 배 낫다.

무슨 짓을 저질러버린 걸까.

아버지는 이제 곧 돌아가시겠지.

이상한 일이지만, 어머니에게 연락을 받았을 때, 신에게 도움을 청하는 마음은 들지 않았다. '운명의 날이 왔다'고 자연스럽게 받아들였다. 그와 동시에 멈춰버린 전철 안에서 아버지에 대한 대응을 애석해하는 마음이 자기 자신을 압도하기 시작했다.

그건 그렇고, 왜 하필 이럴 때 죽느냐고.

인사사고라면 선로로 뛰어든 자살이겠지. 그게 아니라 술 취한 사람이나 휴대전화에 열중한 사람이 실수로 플랫폼에서 선로로 떨어졌을지도 모른다. 그러나 어쨌든 왜 하필 오늘 이 시간에 죽느냔 말이다.

시계를 봤다.

열차가 정지한 후로 이제 곧 40분이 되어간다.

시간의 길이는 사고의 중대성을 대변해준다. 지금, 이 시각, 사방으로 어지럽게 튄 살점을 주워 모으며 조금이라도 빨리 전철을 가동시키려는 작업이 계속되고 있을 게 틀림없다.

수술 후 담당 의사가 보여준, 아버지의 목에서 적출한 살점이 떠올랐다.

"최소한으로 잘라냈는데, 이런 상태였습니다."

기괴하고 흉측해서 인간의 신체 일부로는 보이지 않았다.

"일단 임상병리과로 넘기는데, 절단 부위에 암세포가 있으면, 깨끗하게 절단하지 못한 겁니다."

일단이라는 말이 모든 걸 말해주었다.

오래 살아달라는 마음이 생기지 않는 게 이상했다.

머지않아 아버지는 죽는다. 이제 그 사실을 바꿀 수 없다는 느낌이 들었다.

그러나 살아 있는 아버지를 만나고 싶다. 아버지는 비록 내게 대답을 못해줘도 나는 아버지에게 얘기하고 싶었다.

설령 의식은 없어도 귀는 들리지 않을까. 아니, 손이나 발이나 입이나 눈꺼풀이 움직이지 않을 뿐, 아버지의 뇌는 평소처럼 기능해서 지금 이 순간에도 무슨 생각을 하고 있지 않을까.

아버지는 자기가 곧 죽는 걸 이해하고, 즐거웠던 추억을 떠올리고 있을지도 모른다. 아버지의 뇌는 끝내 이루지 못한 일을 떠올리고, 아쉬움의 눈물을 흘리고 있을지도 모른다. 이미 의식을 따르지 못하게 되어버린 육체는 지금 아버지에게 눈물을 흘리는 것조차 허락하지 않을까. 그런 걸까.

모든 것은 상상이다.

그러나 그 상상은 멈춰버린 통근 전철 차량에 갇힌 상황에서 강렬한 현실감을 띠기 시작했다.

움직이지 않는 육체에 갇혀버린 의지. 그것을 생각하면 안

타까운 심정만 더해갔다.

짧은 한순간 잠에 빠져 천장을 향해 누워 있는 사이에 거품집이 뜨이고, 눈을 떴을 때는 전신이 석고로 굳어져 옴짝달싹 못하게 된 것이다.

운동을 관장하는 뇌 부분이 제 기능을 할 수 없게 되었다. 혹은 근육이 제로가 된 육체에 마음만 갇혀 있다. 어쩌면 그런 상태일지도 모른다.

한 번만 더 맛있는 초밥을 대접해드리고 싶었는데.

불현듯 수술 이틀 전의 일이 떠올랐다.

그날은 오후부터 외출 허가를 받았다. 저녁식사가 담긴 왜건이 병실 밖 복도에 늘어서기 시작할 무렵, 아버지와 어머니와 나는 외식하러 나가기로 했다. 수술 위험성도 물론 있다. 머지않아 아버지는 목소리를 잃는다. 무사히 퇴원한대도 저녁식사 자리에서 아버지가 단란하게 입담을 풀어놓는 일은 이제 없는 것이다. 그래서 식탁을 둘러싸고 앉아 가족끼리 식사를 하기로 했다.

"최후의 만찬이로군."

"무슨 소리예요, 최후라뇨. 여보, 불길한 말 좀 하지 말아요. 퇴원하면 지금까지처럼 다 같이 식사할 수 있잖아요."

"불길한 말 정도로 사람 생사가 결정되겠나."

"에그, 또 생사니 뭐니 하네. 진짜 취미가 고약해."

부부의 대화는 건재했다.

아버지는 평소와 다를 바 없는 것 같기도 했지만, 자학적으로 불길한 말을 해서 불안을 떨쳐내려는 것처럼 보이기도 했다.

침대를 가려주는 커튼을 젖히고, 평상복을 입은 아버지가 나왔다. 환자복 차림이 아닌 아버지 모습은 꽤 오랜만이었다. 셔츠 옷깃으로 들여다보이는 목이 너무 가늘어졌다. 눈도 움푹 꺼져 있었다.

평소 보는 환자복 차림에서는 서서히 진행되는 풍모의 변화를 알아채지 못했는데, 건강했을 무렵의 차림새를 갖추자 입원하기 전의 모습과 확연히 달랐다.

"어디 가지? 뭐 드시고 싶어요?"

"아무거나 좋아. 병원 밥이 아닌 것만 해도 뭐든 진수성찬이지."

"당신을 위해서 나가는 거니까 먹고 싶은 걸 확실하게 말씀하세요."

"정말 아무거나 좋다니까. 퇴원하면 다시 뭐든 먹을 수 있어."

그 이상은 아무 말도 하지 않았다.

즐겁고 단란한 시간일 거라 예상했는데, 불안하고 마음이
무거워서 아무런 생각도 떠오르지 않았다. 마음 깊은 곳은
어디서 뭘 먹을까를 고민할 기분이 아니었던 것이다.

병원 현관에서 나와 큰길로 나가보았다. 간선도로 맞은편
에 초밥집 간판이 보였다.

구세주를 만난 기분이었다.

이탈리안이나 프렌치는 아니다. 그렇다고 해서 돈가스나
오코노미야키(밀가루 반죽에 야채, 육류, 어류 등을 넣은 철판구이 음식 – 옮
긴이)도 어울리지 않는다. 아무런 생각 없이, 주위를 오락가락
맴돌고 있던 참에 나타난 초밥집이다. 최소한 우리 가족에게
초밥은 늘 진수성찬이었다.

"초밥으로 하자."

반대는 없었다. 간신히 생각하고 싶지도 않은 것을 생각해
야 하는 굴레에서 해방되었다.

그런데 보행 신호를 기다렸다 횡단보도를 건너고, 가게가
가까워질수록 마음이 무거워졌다.

그 가게에서는 손님을 끄는 기색이 전혀 느껴지지 않았기

때문이다. 도로 확장 공사라도 시작하는지 양옆은 빈터였다.

좋지 않은 예감. 아니, 그것도 이런 날 이런 밤이라 그럴 테지. 애당초 식욕조차 없었다. 가족이 함께 지낼 시간은 이제 한정되어 있다. 어느 가게든 빨리 들어가서 자리를 잡고 앉자. 세 사람 다 느끼고 있을 안 좋은 예감을 그렇게 애써 덮으며 억지로 가게를 향해 발걸음을 재촉했을 것이다.

초밥 가네코.

낡은 목조건물 가게에 제법 초밥집 분위기를 풍기는 서체로 간판을 걸어놓았고, 그 양쪽에서 전구 불빛이 비치고 있었다. 그것 말고는 아무것도 없었다.

종업원 모집, 모임 예약 안내, 영업시간 표시, 맥주 회사에서 할당한 얼룩진 포스터, ○○ 상점회 회원증 종류. 영업하는 음식점이라면, 한두 가지쯤은 붙어 있을 법한 게시물이 단 하나도 없었다. 고급 요릿집이면 몰라도 동네 작은 초밥집에는 분명 있을 법한 것들이 하나도 없었다.

미닫이문을 열었다.

카운터 자리뿐인 가게에는 손님이 아무도 없었다.

"어서 오세요."

한 박자쯤 뜸을 들인 후, 카운터 너머에서 얼굴을 내민 주인인 듯한 남자는 손님이 들어온 상황에 놀란 것처럼 보였다.

"벌써 닫았습니까?"

"아뇨, 영업합니다."

지금 와 돌이켜보면, 오늘은 이미 끝났다는 말을 듣는 게 훨씬 나았다.

그랬으면 하는 수 없다며 패밀리 레스토랑이든 뭐든 근처에 열려 있는 식당으로 가자는 결론이 났을 것이다.

호화로운 음식을 먹을 필요는 없었다. 그저 가족 셋이 한 테이블을 에워싸고 웃으며 식사한다. 그런 시간이 필요했을 뿐이다. 뭐든 특별한 식사를 해야겠다는 마음이 아버지에게도 어머니에게도 나에게도 있었다. 그렇다고 해서 적극적으로 즐거운 일을 생각할 여유는 없었다.

아주 당연하게 식탁 하나를 둘러싸고 셋이 식사하는 것. 얼마 전까지는 지극히 당연했던 그것이 불가능해졌다. 그러니 특별하지 않게 평소 식사를 떠올렸으면 좋았을 텐데, 그날 밤은 그것을 깨닫지 못했다.

전어. 새조개.

제일 먼저 주문하려고 했던 두 가지 다 오늘은 이미 없다고 했다.

'안타깝지만'이라고 먼저 해야지. '없다'고 대답하기 전에 '안타깝지만'이라는 말 정도는 붙여. 새조개는 그렇다 치고 전어도 없다니.

아무튼 형편없는 초밥집이었다. 그 후에 내온 초밥도 다른 회전초밥집보다 훨씬 못했다.

가게 주인을 개의치 않고 말했다.

"아직 시간이 좀 있으니, 다른 가게에 한 번 더 가볼까?"

그러는 동안에도 외출 시간은 소비되었다.

"여기면 됐어."

아버지가 조용히 말했다.

슬펐다. 귀중한 밤에 이런 가게에서 시간을 허비하다니. 오늘이 어떤 날인지 알아? 가게 주인에게 따지며 달려들고 싶었다.

억지로 웃으려고 애를 쓰지만, 마음속으로는 전혀 웃을 수 없는 가족의 만찬이었다.

그날 이후로 아버지는 분명 병원 식사밖에 안 했을 것이다.

언두부가 맛이 없어요?

그렇겠죠. 상상이 가요.

상상 속에서 베어 문 언두부에서는 땀 냄새 풍기는 즙이

스며 나오며 입 안으로 번졌다.

　─바쁘신 와중에 불편을 끼쳐드려 대단히 죄송합니다. 지금 막 다음 역인 K역에 정차 중이던 전철이 발차했습니다.

　아마 사고 처리가 끝난 모양이다.

　─잠시 후 운행을 재개하겠습니다. 서 계신 분들은 손잡이를 잡아주십시오.

　작은 충격이 느껴지고, 드디어 전철이 움직이기 시작했다.

　선로 이음매를 넘어서는 소리의 주기가 짧아지면서 까칠하게 곤두섰던 마음이 조금은 풀어졌다.

　그 후로 휴대전화는 한 번도 울리지 않았다.

　괜찮아. 아버지는 아직 살아 있어.

　택시가 T병원의 야간 입구 앞에 도착했다.

　정차하기 전부터 미리 상반신을 내밀며 지갑을 열고 기다렸는데, 막상 돈을 지불할 때는 무심코 서두르다 동전을 쏟고 말았다. 얼이 빠진 것이다.

　드넓은 병원 로비는 조명이 거의 다 꺼져서 어둑했다. 녹색 틀 안에 도망치는 사람이 그려진 비상구 표시와 한쪽 귀퉁이에 서 있는 자동판매기만 유독 밝은 빛을 내뿜었다.

야간 접수처라고 쓰인 경비실의 작은 창문에서 방문자 수
첩에 기입했다.

"저어, 제2외과의 시바야마 히로토시 씨는 몇 호실인가요?"

"죄송하지만 여기서 병실까지는 알 수 없습니다. 제2외과
는 6층이니 엘리베이터로 올라가셔서 간호사실에서 문의하
세요."

그렇겠지. 아무래도 마음이 너무 급하다.

출입증을 받아 손에 든 채로 병동용 엘리베이터로 향했다.
나란히 늘어선 세 대의 엘리베이터 중에서 가동되는 건 하나
뿐이었다.

고요한 실내에 띵 하고 엘리베이터 도착을 알리는 소리가
울려 퍼졌고, 안에서 링거주사대와 함께 휠체어를 탄 노인이
나왔다. 무릎 담요 위에 담배와 라이터가 놓여 있었다.

올라탄 엘리베이터 안에는 평소와 다름없이 알코올과 짐
승 냄새가 동거하고 있었다. 엘리베이터는 익숙하게 다니던
6층까지 힘겨운 듯이 올라갔다.

내리면 바로 앞에 간호사실이 있다. 다시 서류에 기입하면
서 병실 번호를 확인했다.

1인실은 복도 막다른 곳에 있었다.

문은 열려 있었고, 살며시 흔들리는 옅은 파란색 커튼이 보였다. 포렴을 걷듯이 젖히고 안으로 들어갔다.

"도시카즈."

"늦어서 미안해. 도중에 전철이 멈춰서 꼼짝도 못했어."

"다행이구나. 늦진 않았어. 지금은 소강상태 같아."

천장을 향해 누워 잠들어 있는 아버지의 입에는 투명한 페이스 마스크가 씌워져 있었다.

산소가 쉭쉭 소리를 냈다.

벽 쪽에 늘어선 기계에 표시된 수치는 맥박, 호흡, 체온, 그리고 혈압. 두 자리밖에 안 되는 최고 혈압 숫자가 작은 소리와 함께 이따금 바뀌었다.

얼굴에 손을 대보았다.

아버지는 눈을 감은 채로 꼼짝하지 않았지만, 전해지는 체온이 내 몸으로 스며드는 듯한 기분이었다. 생명에 감사했다. 생각해보면 철이 든 후로 아버지의 얼굴을 만져본 기억이 없었다. 얼굴뿐만이 아니다. 아버지의 몸을 만진 기억은 아득한 초등학교 시절까지 거슬러 올라간다.

아니다.

고등학생 때다.

미용학교에 다니기 전에 이발가위 쥐는 법을 가르쳐주었다.

"잘 들어, 먼저 이 손가락 구멍에 약손가락을 넣고, 그러고 나서 여기랑 여기에 다른 손가락을 대듯이 쥐어."

"엄지손가락은 구멍에 너무 깊게 넣지 말고."

처음 손에 잡은 가위의 촉감은 금속이라고 여겨지지 않을 만큼 매끄러웠다. 어디에도 모서리가 없고, 자연스럽게 각 손가락이 안정을 찾을 장소가 있었다.

"그리고 팔꿈치는 이렇게 해."

"손목은 최대한 부드럽게 하고, 이런 식으로. 그래. 상하 좌우, 어느 쪽으로 가위를 향할 때도 자연스럽게 움직일 수 있게."

"빗은 처음에는 이렇게, 그리고……."

그때 아버지가 만졌던 손가락과 팔과 팔꿈치의 촉감이 되살아났다. 그런 기억은 지금껏 단 한 번도 떠오른 적이 없었다.

그래. 캐치볼이야.

어린 시절 이웃에 사는 아이들이 아빠와 캐치볼을 하는 게 부러웠다. 우리 아버지는 캐치볼을 같이해주지 않았다. 만에 하나 손가락이라도 다치면, 일을 못하게 된다. 할아버지 대부터 이발소를 경영해서 아버지도 할아버지랑 캐치볼을 한 적이 없다고 했다.

"그게 우리 집의 가업이야. 손가락을 다치기라도 하면, 가족이 다 먹고살 수 없게 돼. 몇십 년이나 찾아주는 손님에게도 폐를 끼칠 테고. 미안하지만 너랑 캐치볼은 못한다. 이해하겠지?"

그렇게 말하던 아버지의 표정은 쓸쓸해 보였다.

그 후로는 두 번 다시 캐치볼을 하자고 조르지 않았다. 책이나 장난감이나 과자를 졸라댄 적은 있어도 캐치볼만은 조른 적이 없었다.

그렇다. 고등학생이 되어서 아버지에게 처음으로 이발가위 사용법을 배운 그때가 아버지와 나에게는 최초의 캐치볼이었던 것이다.

그런 아버지의 이발가위가 베갯머리에 놓여 있었다. 건강해져서 그 가위를 다시 쥐어달라는 어머니의 바람이겠지. 그런데 가위 상태가 아주 조금 달랐다.

"어머니, 이 가위에 흠집이 났네. 왜 그래요?"

십수만 엔이나 줘야 사는 이발가위는 아버지에게 신체의 연장선상이나 다름없었다. 늘 조심스럽게 다뤘고, 손질도 꼼꼼히 했다.

"일하다 바닥에 떨어뜨렸어. 그것도 같은 날 세 번씩이나. 결혼한 후로 40년 동안, 이 사람이 가위를 떨어뜨린 걸 본 건 처음이었지. 왜 그러냐고 물었더니, 내가 망령이 들었나 하더라고."

병의 징후였는지도 모른다.

어깨에 손을 올렸다.

호흡과 함께 미세하게 움직이는 어깨는 뼈만 앙상하게 두드러졌다.

그렇게 아버지의 몸을 어루만지는 동안, 어머니는 그날 오후부터 지금까지 일어난 일을 이야기했다.

"이 병원의 언두부는 맛이 없다고, 평소처럼 불평을 했지."

전화로 들었던 얘기를 어머니의 입을 통해 직접 다시 한 번 들었다.

봐라, 라며 어머니가 시선을 던진 끝에는 아버지의 베갯머

리에 놓인 필담용 공책이 있었다. 떨리는 필체로 '언두부, 맛
없어'라고 쓴 문장이 보였다.

그것이 아버지가 얘기한 마지막 말이었고, 어머니가 식사
쟁반을 복도 왜건에 치우고 돌아왔을 때는 이미 깊은 잠에
빠져 있었다고 한다.

그런데 저녁 8시가 지나 혈압을 재러 온 간호사가 이상을
알아채서 혼수상태에 빠진 걸 알았다.

의사가 와서 곧바로 1인실로 옮겼고, 바이털 사인이라 불
리는 맥박, 혈압, 호흡, 체온 등의 측정 데이터를 간호사실로
계속 송신하는 장비를 달았다.

"의사 선생님은 뭐래? 왜 갑자기……."

"어쩌면 뇌에 전이됐을지도 모르나 봐. 단, 원인이 뭐든 지
금 할 수 있는 건 한정된 모양이야."

"다시 말해 생명 활동을 유지시키는 처치밖에 못한다?"

"아마 그렇겠지."

침착한 목소리였다.

"막상 병원에 오니까 어머니는 의외로 차분하네. 당황해
서 훨씬 더 경황이 없을 줄 알았는데."

"난 괜찮아. 눈을 감았어도 아직은 살아 계시잖니."

이제 곧 그렇지 않게 된다. 어머니도 각오하고 있다.

어머니가 권해서 침대 옆 파이프 의자에 앉았다. 손을 뻗어 아버지의 왼손을 잡았다. 그 팔과 이어져 있는 튜브가 흔들려서 주사액 두 방울이 잇달아 떨어져 내렸다.

"아버지, 저예요. 도시카즈예요. 어머니도 옆에 있어요."

최대한 또렷한 발음으로 말을 건넸지만, 반응은 없었다.

내 말이 들리면 대답이라도 해주길 바랐다. 그렇게 소망했지만, 이미 목소리가 안 나온 지 오래라는 사실을 떠올렸다.

최후의 마음의 출구가 먼저 막혀버렸다.

의식이 있어서 귀는 들렸다면, 뇌로 전이됐을지 모른다는 얘기도 들었겠지.

조금 전 만원 전철에서 했던 생각이 불현듯 다시 떠올랐다.

괜찮다. 숨길 필요 없다. 아닌 척 가장할 건 없다. 아버지도 어머니도 나도 아버지의 생명이 얼마 남지 않았다는 사실을 명확하게 받아들이고, 셋이 소중한 시간을 보내면 된다.

앞으로 몇 시간이 남았는지 모른다. 어쩌면 사흘쯤 더 살아줄지도 모른다. 그러나 분명 한 달은 아니겠지. 어쨌든 우리에게 남은 시간을 순수하게 따뜻한 마음으로 보내면 되는 것이다.

"아버지, 내 말 들리죠?"

대답은 없었다.

들리는 건 산소 소리뿐이다.

밖에서는 구급차 사이렌 소리가 병원으로 다가오고 있었다.

"힘들게 대답 안 해도 돼요. 그냥 얘기만 들어주면 돼."

손을 잡아도 반응은 없었다.

"조금 전에 다카하시 씨를 만났어요. 아버지도 알죠? 우리 가게 손님. 옆 동네에서 문구점 하는 분."

"그래? 다카하시 씨를 만났니?"

어머니가 놀란 듯이 말했다.

"여보, 그 다카하시 씨 말이에요. 알죠? 당신이 입원한 후 로도 계속 와주셨어요."

"다카하시 씨가 아버지 솜씨가 좋다고 했어요. 대단하다고. 그리고 어머니도 마찬가지라고. 부모님 칭찬을 들으니까 굉장히 기쁘던데요."

호흡할 때마다 산소마스크가 한순간만 아주 살짝 흐려지는 것을 몇 번이나 보았다.

어쩌면 아버지가 무슨 말을 하려는 건지도 모른다. 말하려 해도 목소리가 나오지 않지만, 뇌에 전이됐다면 성대가 없어진 사실을 잊어버렸을지도 모른다.

그러나 어떤 상황인지 알 수는 없었다.

얘기를 하려는 건지, 그냥 숨을 쉴 뿐인지, 도무지 알 도리가 없었다.

"아버지."

큰 소리로 불러보았다.

"안심하세요, 시바야마 이발소는 내가 계속할게요. 어머니랑 같이 내가 계속할게요."

어깨가 움직인 것 같은 기분이 들었다. 호흡이 커지며 가슴이 위로 들린 듯한 기분이 들었다.

어머니가 숨을 삼키는 걸 알 수 있었다.

침대 반대편에서 움직임이 보였다.

아버지의 오른손 손가락이 천천히 미세하게 굽혀지기 시작했다. 약손가락은 다른 손가락보다 훨씬 많이, 그리고 새끼손가락은 거의 똑바로 펴진 채로.

"어머니."

이번에는 맞은편에 있는 어머니를 향해 소리쳤다.

"가위! 아버지 손에 가위를 쥐어줘."

어머니도 바로 아버지의 손 형태의 의미를 이해했다.

베갯머리의 가위를 살며시 아버지 손에 대주고, 약손가락을 구멍에 넣어주었다.

가위는 가윗날 끝을 1센티미터쯤 벌린 형태로 아버지 손 안에 들어갔다.

혈압계 펌프가 움직이는 소리가 났다.

"아버지, 가위예요. 손에 쥔 게 가위예요. 알겠어요? 아버지?"

벽 쪽의 바이털 표시가 움직였다. 공백이었던 혈압 수치의 백 자리에 '1'이라는 불이 켜졌다.

아버지의 손가락이 가윗날을 오므리기 위해 힘을 넣으려 했다. 그 모습을 이미니와 둘이 마른침을 삼키며 지켜보았다.

그러나 가윗날은 끝내 오므려지지 않았다.

그때까지보다 크게 부풀어 오른 가슴이 원래대로 돌아가는 순간, 페이스 마스크가 딱 한 번 짙게 흐려졌고, 그것이 사라지자 아버지는 그대로 움직이지 않았다.

바이털 사인의 숫자가 모두 같아지며 알람이 켜졌다.

"여보!"

알람을 찢을 듯한 큰 소리로 어머니가 외쳤다.

"여보, 잘됐네요. 들었죠? 도시카즈가 가게를 이어받겠대요. 이젠 괜찮아요. 정말 다행이네요."

　복도를 달려오는 발소리가 들렸고, 머지않아 간호사가 뛰어 들어왔다.

　가위를 쥔 아버지의 손을 부여잡고, 어머니가 흐느껴 울기 시작했다.

제5화

고가 밑의 다쓰코

30대를 코앞에 둔 노메이크업의 스물아홉 살인 나의 현재 여자력女子力(일본의 신조어로 여성이 스스로의 생활 방식을 향상시키는 힘, 여성이 자신의 존재를 나타내는 힘을 말한다 – 옮긴이)은 끝없이 제로, 아니 오히려 마이너스다.

머리는 사흘 전에 대충 감고 말렸을 뿐이다. 수면 부족, 운동 부족, 기진맥진.

길에서 나를 보고 가슴 설레는 남자는 일단 없을 것이다.

아아, 육체도 정신도 모두 일을 위해 존재하는 나.

어차피 버스트는 아버지 유전자. 몸을 옥죄는 브래지어는 안 입어도 전혀 곤란할 게 없다. 맨살에 낡고 후줄근한 티셔츠, 그 위에 헐렁헐렁한 스웨이드 셔츠와 무릎 나온 세트 바지. 게다가 색깔은 쥐색. 분명 가판대에서 세금 포함된 가격이 위아래 한 벌에 2,490엔이었다.

집을 벗어나는 건 편의점에 갈 때뿐이다. 그곳 계산대에서도 최근 3일은 얘기를 나눈 기억이 없다. 아니, 그저께 어묵을 주문할 때 무, 계란, 곤약이라고 단어 세 개를 늘어놓았다.

그러나, 그런데!

드디어 마감을 완료했다. 실용서에 들어갈 일러스트 30점, 납품.

예정대로 끝냈다. 장하다! 드디어 예정대로 데이트도 할 수 있다.

그런고로 그 즉시 좀비에서 인간으로 돌아오는 루틴에 들어갔다.

욕조에 물을 가득 채우고, 입욕제에서 거품이 이는 소리에 귀를 기울인다.

시골 할머니는 입욕제를 보고 '대형 틀니세정제'라고 했던가. 거품을 내며 녹아든 후에 옅은 녹색으로 변하는 느낌이 분명 비슷하긴 하다.

욕조에 들어가 어깨까지 몸을 담그고, 눈을 감고 틀니가 된 나를 상상해보았다. 그러나 틀니의 기분은 알 수 없었다.

망가졌던 인격이 조금씩 되살아났다.

데이트를 앞둔 목욕은 왠지 신성한 절차인 것 같아서 몸 구석구석을 평소보다 더 의식한다. 오늘 밤에 그것은 없을 예정이지만, 그곳은 인간의 몸가짐으로서 어쨌든 이래저래.

거품이 잘 일지 않는 첫 번째 샴푸, 크림 감촉이 느껴지는 두 번째 샴푸. 그것을 확인하며 루틴으로 즐기고, 목과 등에 샤워기를 대고 눈을 감은 채 1~2분 가만히 무심해진다.

눈을 떴을 때는 몸과 마음이 업무 마감 모드에서 빠져나온 상태다.

정말 딴사람처럼 몸도 마음도 가벼워진다.

욕실에서 나와 목욕 수건으로 몸을 휘감고, 미용실에서 받은 업소용 헤어드라이어로 바람을 충분히 쏘여주면, 쇼트커트 머리는 눈 깜짝할 새에 마르고, 증발한 물의 양만큼 마음이 더 가벼워진다.

볼일이 끝난 목욕 수건을 둥글게 말아 벽 쪽 바구니를 향해 3점 슛. 멋지게 성공.

이쯤 되면 실내에서 키우는 반려견처럼 빨리 밖으로 나가고 싶어 안달이 난다.

거울 앞에 서기 전에 레이디 가가를 튼다. 거울을 보며 화장품 도구를 바꿔 쥔다. 몸단장은 자연스레 힘차고 민첩해진다. 화장이 끝났을 때는 등줄기가 곧게 펴진다.

다녀오겠습니다~.

자, 출발! 아무도 없는 방을 등지고, 힘차게 문을 닫고 역으로 향했다.

쇼짱의 작업실은 K역에서 고가를 따라 5분쯤 걸어가는 곳에 있다.

역은 가깝지만, 상점을 열기에는 통행인이 너무 적고, 주택을 짓기에는 철도 선로와 너무 가깝다. 그런 이유로 임대료가 아주 싼 모양이다.

근처에 예술학교가 있어서 다른 싼 건물에도 많은 아티스트가 작업실을 갖고 있다고 한다.

역 앞의 편의점 조명이 유난히 밝았고, 그 불빛 때문에 눈이 부신 탓인지 거기에서 작업실로 향하는 길은 실제보다 적막하고 어둡게 느껴졌다.

"마음이 충족되면 안 돼. 작품을 창작하는 데는 살벌해서 고독을 느껴질 정도인 장소가 좋아."

그는 이 장소를 택한 이유를 그렇게 설명했다.

자전거 세워두는 곳을 지나 고가 옆 좁은 길을 따라 단독 주택 몇 채와 맨션의 어스름한 뒷마당을 지나치면, 표지처럼 고가 밑에 흐릿한 조명을 밝혀둔 작은 공원이 시야에 들어온다. 그 앞이 작업실이다. 폐업한 옛 미용실 자리를 싸게 임대했다.

작업실 앞에 서면, 유리 너머에 조명을 받은 인형 하나가 밖을 향해 서 있다.

아기띠로 갓난애를 안고 있는 엄마의 형상.

딱히 아름답지도 않고, 나쁜 사람 같시노 않은, 흔하디흔한 엄마다.

그 전에는 양복을 입은 중년 직장인이었다.

양복을 말쑥하게 잘 차려입었다면, 그곳이 양복점 쇼윈도처럼 보였을지도 모른다. 그러나 후줄근한 양복 차림은 낮에 신바시를 걸어 다닐 법한, 점심값을 아끼려고 소고기덮밥으로 간단히 때울 것 같은 아버지다.

그의 작품은 늘 평범한 사람을 모티브로 한다. 그런데 찬찬히 들여다보면, 어딘가가 평범하지 않다.

조금 지친 아버지의 손가락에는 기타 피크가 끼워져 있다.

휴일에는 록밴드에서 기타를 연주하는 것이다. 젊은 시절에는 프로 뮤지션을 꿈꿨던 적도 있다. 양복 주머니 속에 늘 감춰둔 자그마한 피크에 직장인 모습 뒤에 숨겨진 또 다른 그의 존재와 이야기가 깃들어 있다.

가방에서 열쇠를 찾기 전에 눈앞에 서 있는 아기 엄마를 다시 한 번 바라보았다.

엇, 미산가(실이나 리본으로 엮어 만든 매듭 팔찌. 일종의 부적 – 옮긴이)?

검붉은 미산가?

아니, 그게 아니야. 이 사람…….

잘못 본 게 아닐까 하며 눈을 부릅뜨고 몇 번이나 그 자리를 확인했다.

유리 안의 아기 엄마가 입은 옅은 핑크색 카디건. 축 늘어뜨린 한쪽 팔의 소맷자락으로 드러난 하얀 팔목에 보이는 검붉은 줄은 검은 흉터였다. 게다가 몇 줄이나 있었다. 리스트컷 흉터.

이 사람은 예전에 리스트컷을 되풀이한 것이다.

가슴이 갑갑해졌다.

숨을 멈추고 있었다는 걸 알아차리고, 입을 오므리며 숨을 크게 몰아쉬었다.

"어머, 안녕하세요?"

뒤에서 목소리가 들렸다. 애교가 묻어나는 달콤한 발성법.

유리 안의 엄마가 입을 열었나 싶었지만, 목소리는 분명 뒤에서 들려왔다. 나지막한 남자 같은 목소리.

"보통 사람은 아니죠. 이 인형 만든 사람."

"저어……."

공원의 조명 속에 서 있는 그 사람은 여성의 차림새였다.

크고 둥근 옷깃의 블라우스 위에 걸친 베이지색 카디건, 무릎 아래로 살짝 내려온 치마, 굽 낮은 구두……. 그렇지만 틀림없는 남자였다.

"다카오카 쇼지라는 아티스트래요."

쇼짱이다.

"평범한 아줌마를 작품으로 만들다니 특이하다고 했더니, 그러냐고 하더군요. 그때는 난 알아채지 못했어요."

"손목의 상처 말인가요?"

"나중에 다시 한 번 이곳을 지나다가 찬찬히 보니까 리스트컷 흉터가 있잖아요. 엄청난 충격이었죠."

분명 쇼의 작품을 칭찬하는 것이다.

무슨 말을 막 하려는 순간, 머리 위로 전철이 다가왔다.

굉음이 한동안 머리 위를 뒤덮었다.

잠시 후 대화를 차단하는 폭음이 사라졌지만, 한번 기선을 제압당한 말은 나오지 않았다.

"상행선은 벌써 한산하군요."

시계는 밤 11시를 지나 있었다.

"전철이 한산한 걸 어떻게 아세요?"

"무게에 따라 소리가 달라요. 덜컹덜컹이랑 타타타타."

문자로 된 소리가 아니라 음색으로 최대한 사실적으로 재현해내려 했다. 타타타타 부분에서는 양쪽 주먹을 허리 높이까지 올리고 진동하는 몸짓을 곁들였다.

"전철을 잘 아시네요."

"하루 종일 듣다 보면, 누구라도 알게 돼요."

"이 근처에 사시나 봐요."

대답은 또다시 전철 굉음에 삼켜져버렸다.

거대한 음량이 삐걱거리는 첫소리를 삼켜버린 듯한 기분이 들었다. 브레이크 소리일까.

타타타 소리가 머리 위에서 타닥, 탁, 타, 쿵으로 변하는가 싶더니, 쿠궁…… 쿵 하며 멈췄다.

"저 전철은 만원인 것 같군요."

고가 위를 손으로 가리키며 말했다. 이 시간까지 일하고 돌아가는 사람, 술 취한 사람을 가득 태운 전철이 위에 있었다.

"그것 봐요, 별로 안 어렵죠?"

가발을 쓴 여장 남자의 얼굴이 웃는 표정으로 바뀌어 있었다. 갈색 쇼트 보브컷 앞머리 아래의 눈이 다정해 보였다. 귀언저리에만 검은 본래 머리칼이 살짝 엿보였다.

"긴급 정지군요. 보통은 이 근처에서 멈출 일이 없는데."

여장 남자는 불현듯 뭔가를 떠올린 듯이 고통스럽게 얼굴을 찡그렸고, 그러고 나서 표정을 다시 고치듯이 부드러운 얼굴로 돌아왔다.

"늘 그런 차림을 하세요?"

"여장 얘긴가? 뭐, 그렇다고 봐야죠."

"좀 특이하네요. 아니, 물론 제 친구 중에도 여장하는 남성은 있지만, 그런 타입은……."

"그런 타입?"

"남자가 여장을 하면, 대부분은 화려하다고 할까, 섹시하다고 할까, 여성보다 더 여성성을 강조하는 사람이 많은 것 같던데."

"아아, 그런 말은 가끔 들어요. 그런데 난 남자를 유혹하는 차림은 좋아하질 않아요. 여자도 다양하잖아요. 야한 사람은 별로 많지 않고, 국문과 출신에 졸업논문은 「도연초徒然草」(요시다 겐코의 수필 - 옮긴이)였다고 말할 것 같은 사람이나 싱글마더라 낮에는 슈퍼마켓에서 계산원으로 일하고, 밤에는 식품 공장에서 포장하는 일을 하며 아이를 키우는 사람이라거나."

조용하고 수수하게 사는 사람들을 야유하는 말처럼 들릴 수도 있겠지만, 오히려 이 사람은 마음이 따뜻할 것이다. 다른 무엇보다 이 사람 자신이 수수한 차림이고.

"여자라고 해서 24시간 내내 색기를 흘리는 건 아니잖아요, 보통은."

그렇다. 그 말이 맞다. 여성이 모두 여장 남자 수준으로 여성성을 강조하는 복장을 한다면, 세상에는 엄청난 혼란이 일어나겠지.

온갖 향수 냄새. 어디를 봐도 끈적끈적하게 오가는 시선. 뺨에 달라붙은 머리칼을 걷어내는, 번쩍거리는 매니큐어를 바른 손톱. 얼굴 어느 부위보다 검게 마스카라로 윤곽을 강조한 눈. 콧날에 칠한 하이라이트. 실제보다 훨씬 가늘고 긴 눈썹. 번쩍이는 30데니어 스타킹과 발찌.

스스로 떠올린 갑갑한 광경에 압도당할 지경이었다.

"그런 나라에 살고 싶어요?"

"사양할래요."

갑갑해서 가볍게 숨을 내쉬며 살짝 미소를 지은 순간, 문자가 왔다. 쇼가 보낸 문자였다.

'어! 어쩌면 위에 있을지도.'

먼저 여장 남자에게 들리도록 문자를 읽고, 그러고 나서 답장을 보냈다.

'뭐? 이 위에?'

옆 차량에서 여성의 비명 소리가 들렸다.

급브레이크가 걸렸기 때문이다. 맨 앞부분인 이쪽 차량은 그리 심하게 붐비지 않았다. 간신히 스마트폰을 조작할 수 있는 정도.

스피커에서 나지막한 소음이 흘러나왔다. 마이크를 켠 모양이다.

─여러분, 바쁘신 와중에 불편을 끼쳐드려 대단히 죄송합니다. 방금 다음 정차역인 K역에서 인사사고가 발생한 관계로 급정차했습니다.

역시나.

흔한 일이다.

흔한 일이라니?

잠깐만, 인사사고라고 하지 않았나. 내가 내릴 역, 다음 정차역인 K역에서 어쩌면 지금 사람이 죽었을지도 모른다.

앞에 선 사람의 어깨 너머로 바깥 경치를 내다봤다. 선로를 따라 흐르는 강에 맞은편 강기슭의 불빛이 비치고 있었다.

인사사고는 일상다반사다. 그렇지만 이 전철에 타고 있는 사람 중에 사람이 죽었다고 생각하는 인간이 얼마나 될까.

전철을 타고 있다는 일상. 인사사고라는 일상.

그러고 보니 예전에 '전철'이라는 일상이 없는 곳으로 전철을 끌고 들어간 적이 있었다.

3년 전, 세토나이카이 섬에서 개최된 아트 페스티벌에서 '만원 전철'이라는 제목으로 설치미술 작품을 전시했다.

그 섬에는 철도가 없다. 만원 전철을 타본 경험이 없는 사람이 거의 대부분이다.

설치물을 제작하기 위해 섬에 머문 지 얼마 안 지났을 무렵이다.

섬으로 전철 차량을 옮기는 화물선이 도착해서 크레인으

로 하역 작업을 시작하자 소문을 들은 섬 주민들이 순식간에 몰려들었다.

그날은 철도가 없는 섬에 처음으로 철도 차량이 들어온 날이 된 것이다.

그것은 그 지역 텔레비전 방송국 뉴스와 지방신문에서도 다뤄졌고, 섬의 주민 대표도 매우 기뻐했다. 덕분에 4개월간의 현지 제작과 전시 기간 중에 야채와 생선, 그리고 때로는 고기까지 식재료는 모두 얻어먹을 수 있었다.

바다가 내려다보이는 공원에 육지에서 가져온 차량을 그대로 놓고, 그 내부는 인형으로 가득 채웠다. 그것이 작품이었다.

안에 탄 승객은 양복을 입은 직장인, 학생, 술 냄새 풍기는 아저씨, 표정이 어두운 직장 여성. 가난한 예술가 분위기를 풍기는 사람, 여고생, 조직폭력배, 가슴이 큰 유흥업소 아가씨, 지팡이를 든 시각장애인, 이름이 적힌 어깨띠를 두른 입후보자, 아이를 안은 엄마, 화려한 안경에 향수 냄새를 풀풀 풍기는 마담, 서로 좋아 어쩔 줄 모르는 커플, 울트라맨, 여장한 30대 남성, 얼굴색이 나쁜 남자……

그야말로 머릿속에 떠오르는 모든 유형의 인간을 그 안에

다 집어넣었다.

평범한 전철에 타고 있는 평범한 사람들은 전철 안에서 개성을 죽이고, 사람 형상을 한 물체처럼 그저 조용히 처박혀서 실려 간다. 그 사람들이 다른 장소에서는 제각각 그 사람다운 다른 일을 한다. 전철 안에서는 누구나 엇비슷한 부피를 차지하는 '승객'이다.

작품에서는 평소 개성이 감춰지는 장소에 그 사람다운 모습을 가진 이들을 넣어보았다.

작품을 보러 온 사람들은 열린 문으로 만원 전철에 올라타서 승객과 승객 사이의 아주 작은 틈을 빠져나가는 체험을 하면서 자기 발로 다른 문까지 걸어가서 내린다. 대부분의 장소에서는 인형과 관람객의 몸이 스친다. 그것이 전시 방법이었다.

귀신의 집처럼 느닷없이 움직이기 시작하는 인형, 비명을 지르는 인형도 있었다.

여고생의 치마 밑으로 손을 넣으면 요란한 셔터 소리가 울리고, 문 위에 달린 액정 디스플레이에 그 사람의 얼굴이 나타나며, '야마하나 선에서 치한이 체포되었습니다'라는 지역방송 뉴스가 흘러나오는 장치를 해두었다. 두 달간의 전시

기간 중, 뉴스가 된 사람은 남성 스물여덟 명 외에 여성도 두 명이나 있었다.

유흥업소 아가씨에게도 같은 장치를 했지만, 뉴스가 된 사람은 없었다.

지금 멈춰버린 이 전철, 내가 타고 있는 진짜 전철은 그 「만원 전철」보다 더 붐빈다.

10량짜리 열차에 타고 있는, 아마도 3,000명쯤 되는 인간이 조금 전 방송으로 '인사사고'라는 말을 들었을 게 틀림없다.

스마트폰에 열중하는 사람, 애인을 떠올리는 사람, 화장실이 급한데 참고 있는 사람, 일 생각에 잠긴 사람, 과음 때문에 토할 것 같은데 죽어라 참아내는 사람, 눈앞에 선 술 냄새 풍기는 남자가 금방이라도 토하지는 않을까 걱정하는 사람, 잔업에 지칠 대로 지친 사람, 이어폰에서 흘러나오는 음악에 푹 빠진 사람, 가족이 위독하다는 소식을 듣고 급히 병원으로 달려가는 사람, 상사에게 야단맞아 끙끙 앓는 사람, 그리고 정차가 길어질 것 같아 예상했던 시간 안에 행동할 수 없게 된 상황에 극도로 짜증이 난 사람.

「만원 전철」을 만들 때 차량에 어떤 인형을 넣을까 고민했던 시간을 떠올리며, 지금 실제로 말없이 같은 차량에 타고 있는 사람들이 조금 전까지 어디서 무엇을 했고 앞으로 뭘 할까 하는 생각에 잠기기 시작했다.

그럭저럭 10분 넘게 멈춰 있었다. 웃옷 앞주머니에서 스마트폰을 꺼냈다.

'또 인사사고로 전철이 멈춰서 움직이질 않아. 먼저 도착했으면, 문 열고 안에서 기다려!'

사야에게 짧은 문자를 보냈다. 밤샘을 계속하던 일이 일단락돼서 작업실로 오기로 했다.

곧바로 답장이 왔다.

'일찍 출발해서 벌써 도착했어. 천천히 와도 돼. 고가 밑 계단공원에서 조금 특이한 아저씨랑 얘기 나누고 있어.'

작업실은 고가를 따라 난 좁은 길에 접해 있다. 그 맞은편 고가 밑에 작은 공원이 있다.

'혹시 바로 위에 멈춘 전철에 탄 거야?'

다시 한 번, 창밖을 봤다. 눈에 익은 맨션이 보였다. 사야 말대로 거의 작업실 바로 위였다.

'그럼 엄청 가깝네. 바로 위에 있는 전철이면, 위아래 직선 거리로 10미터도 안 될지 몰라.'

바로 밑에 사야가 있다.

왠지 즐거운 기분이 들어서 인사사고 생각은 의식에서 사라졌다.

"혹시 당신이 쇼짱 친구?"

여장 남자가 물었다. 이 사람도 다카오카 쇼지를 쇼짱이라고 불렀다.

"대학 동기예요."

"연인 관계?"

"글쎄요, 어떨 것 같아요?"

"아아, 그래. 알겠다. 그런 거네. 당신들은 틀림없이 그런 사이야. 그렇지 않으면 보통은 전력으로 부정하잖아. '아니에요', '그런 거 아니에요'라느니 어쩌느니. 적어도 당신 쪽은 연인 관계이길 바라는 거지."

곤란하네.

"뭐, 그런 걸로 해두죠."

"알았어요. 평일에 밤늦게 예술가의 작업실을 찾아오는 여자."

일부러 그러는 듯 히죽히죽 웃어 보였다. 이름도 모르는 단계에서 난데없이 가장 깊숙한 사생활을 침범당했다. 살짝 마음에 안 들었다.

"나나 그 사람이나 평일이든 휴일이든 상관없는 생활을 하니까요."

"문제는 그 부분이 아니지. 뭐, 아무튼 추천. 쇼짱은 좋은 남자야."

"혹시 취향에 맞는 타입인가요?"

"그런 뜻이 아니라."

"어, '그런 뜻이 아니라'고 전력으로 부정하네요."

"아하하. 외모 같은 게 아니라 인간으로서 좋단 뜻이지."

내가 더 오래 만났다. 그 정도는 안다.

"당신도 예술가로군."

"아뇨, 일러스트레이터예요."

"그림을 그린다는 거잖아. 그럼 예술가지."

"예술가는 삶의 방식이고, 일러스트레이터는 직업이에요."

눈앞의 남자는 흐음 하며 턱을 위아래로 두 번 끄덕였다.

"당신은, 으음, 뭐라고 부르면……."

"사야예요."

눈앞의 남자가 자기 이름은 다쓰코라고 밝혔다.

"그럼, 사야짱의 삶의 방식은 예술가는 아닌 거네."

"……그렇죠. 다쓰코 씨는 뭐 하는 분인가요?"

"굳이 표현한다면 여장가女裝家."

"그건 삶의 방식 쪽이네요."

"응. 그럴지도 모르지."

다쓰코 씨와는 말이 통한다. 그런 생각이 들었다.

'당신은 누구?'라는 질문에 회사 이름을 붙여서 대답하는 사람도 꽤 많다.

그런데 편의점 아르바이트, 라면가게 점원, 학교 사무직원, 술집 호스티스, 모두 다양한 일을 하며 먹고살지만, 대부분의 아티스트는 당신은 뭘 하는 사람이냐고 물으면, 적어도 마음속으로는 화가니 조각가니 미술가니 예술가라고 대답하겠지.

그렇지만 귀찮으니까 그냥 '편의점에서 일해요', '직장 다녀요'라는 식으로 대답한다. 그런 것이다. 묻는 쪽이나 대답하는 쪽이나 대부분은 아무래도 상관없다고 생각한다.

다쓰코 씨는 어떻게 생활을 꾸려나갈까.

그런 생각을 하다 문득 깨달았다.

역시 나도 타인을 이해하는 데 직업을 모르면 왠지 안정감이 들지 않는다. 삶의 방식을 짧은 말로 설명해줘도 그 사람을 안 것 같은 기분이 들지 않는다. 그 사람에게 흥미를 가져버리면, 직업을 확인해야 직성이 풀린다.

"직업은?"

그 후 약간의 시간 공백이 생겼다. 다쓰코 씨의 시선이 허공을 헤매기 시작했다.

"언덕 중턱에 빈터가 있었는데, 거기서는 바다가 보였어."

다쓰코 씨가 얘기를 시작했다.

어린 시절, 가파른 언덕 위에 자리한 집에 살았다.

경사면 아래쪽에는 기차가 오가는 철도가 놓여 있었다. 에노덴(에노시마 전철 - 옮긴이) 역이 있고, 그 앞의 도로 맞은편에는 드넓은 바다가 펼쳐져 있었다.

날이 저물 때까지 친구랑 놀다 헤어져서 우울한 기분으로 집으로 돌아오는 길목에는 무슨 이유인지 풀이 무성하게 우거져 빈터로 남아 있는 집 한 채가 있었다. 그곳에 서면 언덕 아래로 바다가 보였다. 맑게 갠 날에는 해 질 녘 바다가 황금빛으로 반짝이곤 했다.

그 빛 속에서 요트가 에노시마를 향해 돌아갔다. 그 요트에는 어떤 사람이 타고 있을까 늘 상상해봤지만, 그저 상상만 할 뿐 확인할 방법은 없었다.

바다가 코앞인 곳에 살았는데도 초등학교에 들어간 무렵부터는 부모님이 나를 바다에 데려가주는 일은 없어졌다.

부모님은 사이가 나빴다. 집 안은 늘 언짢은 공기로 가득했다.

몇 개쯤 있는 방문은 소리가 안 나게 조심스레 열리거나 짜증을 호소하듯 큰 소리를 내며 거칠게 닫혔다.

거칠게 문 닫히는 소리가 난 후, 그 언덕 위에 있는 2층짜리 단독주택은 놀라울 정도로 고요해진다.

잠시 후 엄마가 흐느껴 우는 소리가 들리거나 아빠 서재에서 볼륨을 높이 올린 교향곡이 흘러나온다. 대체로 둘 중 하나였다. 어쩌면 엄마의 울음소리는 늘 들렸고, 아빠의 교향곡이 그것을 덮어버렸는지 모른다.

바닷가까지 내려가서 가족 셋이 즐겁게 여름을 보낸 기억은 없다.

"닷짱, 바다 갈까?"

초등학교 4학년 여름방학이 끝나갈 무렵, 웬일로 엄마가 나를 바닷가에 데리고 갔다.

너무 기뻐서 언덕을 단숨에 뛰어 내려갔을 정도다.

모래밭에 서자 해변의 여름은 거의 끝나서 바닷가 매점은
절반 정도가 갈대발로 입구를 막아 닫아둔 상태였다.

열린 가게 중 한 채, 옅은 파란색 페인트로 칠한 매점에서
엄마가 돗자리를 빌렸다. 혼자 가게를 보고 있던 가무잡잡하
게 그을린 젊은 남자가 불만스러운 표정으로 건넨 돗자리는
여름 한철 숱하게 써서 담뱃불 자국이 나 있었다.

사람들 사이에서 여름은 이미 끝났다. 그 돗자리는 이제
다음 주면 쓰레기로 버려질 게 틀림없다.

바람은 강하고, 파도는 짧은 간격으로 밀려들었다. 그 파
도가 부서지는 순간, 남녀 한 쌍이 환호성을 질렀다. 어느 매
점에서 도쿄의 FM 방송을 틀어놔서 수도고속도로의 나들목
이름이 파도 소리 틈새를 타고 귀에 와 닿았다.

돗자리를 편 엄마와 나는 작은 아이스박스에서 꺼낸 콜라
를 마셨다.

햇볕은 약하고 덥지는 않았지만, 엄마는 바로 웃옷과 반바
지를 벗고 수영복 차림이 되었다.

비키니를 입은 엄마 모습을 보는 건 처음이었다. 텔레비전
이나 포스터에서 수영복 차림의 젊은 여성을 보긴 했다. 그

러나 엄마가 똑같은 차림을 하는 건 상상조차 못했다. 그 작은 수영복이 엄마의 호리호리한 체격에 썩 잘 어울린다는 생각이 들었다.

해변을 걷는 사람들은 파도 소리에 지지 않으려고 큰 목소리로 대화를 하며 스쳐 지나갔다.

이나무라가사키 쪽에서 걸어오던 젊은 남자 세 명이 엄마를 발견하고 한순간 대화를 중단하고 스쳐 지나더니 다시 한번 엄마를 힐끗 돌아보며 갔다.

"아이스크림 먹을까?"

"응."

바람이 강해서 살짝 추웠다. 아이스크림을 먹기 좋은 날은 아니었다. 이미 여름이 아닌 것이다. 그렇지만 여름방학에 가족끼리 해수욕장에 가서 콜라를 마시고 아이스크림을 먹는 의식儀式은 동경의 대상이었다. 그림일기에 해수욕장 이야기를 못 쓰는 게 서운했다. 부모님에게도 그런 말을 한 적이 있었다.

"그럼, 잠깐만 기다려."

자리에서 일어나 조금 전 돗자리를 빌린 매점으로 향하는 엄마의 뒷모습을 바라보았다.

바람을 거스르듯 갈매기가 저공으로 날며 하늘을 통과했다. 그 앞쪽의 높은 하늘에는 솔개가 날고 있었다.

나도 하늘을 날 수 있으면 좋을 텐데. 그런 상상을 하다가 아무리 아이지만 너무 어린애 같다는 생각에 자신이 부끄러웠다.

꽤 오랫동안 멍하니 솔개의 비행을 올려다본 것 같은데, 아이스크림을 사러 간 엄마는 아무리 기다려도 돌아오지 않았다.

돌아보니 엄마는 아직 매점에 있었다.

가게 남자와 즐겁게 대화를 하고 있었다. 이따금 수영복 입은 몸을 꼬며 크게 웃었다. 즐거워하는 엄마를 보는 건 오랜만이었다. 언제였는지 기억해낼 수 없는 먼 기억 속에 있는 엄마의 웃는 얼굴. 이제는 집에서 절대 보여주지 않는 웃는 얼굴.

내가 쳐다보는 걸 알아차린 엄마는 퍼뜩 제정신이 든 것처럼 평소의 어두운 표정으로 돌아왔다.

매점 남자는 그제야 겨우 아래를 내려다보며 작업을 시작했고, 갈색 콘에 핑크색 아이스크림을 담기 시작했다.

"닷짱, 미안해. 오래 기다렸지?"

잰걸음으로 돌아온 엄마는 그렇게 말하며 스트로베리 아이스크림을 건네주었다.

솔개는 어느새 사라지고 없었다.

엄마와 나는 무릎을 접고 앉아 바다를 바라보며 아이스크림을 먹었다.

미지근한 바람이 강하게 불어온 탓에 손에 든 아이스크림은 순식간에 녹아내렸다. 허둥지둥 핥아보지만, 결국은 늦어서 모래에 뚝뚝 떨어지며 얼룩이 생겼다. 엄마는 혀를 능수능란하게 놀려 콘 주위를 핥으며 아이스크림을 단 한 방울도 모래에 떨어뜨리지 않았다.

"추워지네."

이제 그만 돌아가고 싶다는 말 대신 그렇게 말했다.

"저기 봐, 해가 조금 기울었잖니."

엄마가 앞바다를 가리켰다. 늦은 오후의 태양이 구름 틈새로 얼굴을 내밀며 바다를 비추고 있었다.

거기에서도 바람을 떠안은 요트가 빛 속을 가로지르며 에노시마 섬 방향으로 움직이고 있었다. 언덕 위의 빈터에서 보는 요트보다 크고 빨랐다. 내 귀에 직접 와 닿는 바람 덕분에 그때 처음으로 요트는 정말로 바람으로 달린다는 걸 믿을 수 있었다.

잠시 후 끊긴 구름 틈새 위치가 이동하며 내 어깨에도 햇볕이 와 닿자 갑자기 작은 불씨가 켜진 것처럼 어깨가 따끔거렸다. 분명 빛은 미세한 알맹이다. 그것이 한데 뭉쳐 어깨에 닿는 것이다.

노을에 물든 엄마의 옆얼굴은 아름다웠지만, 어딘지 모르게 쓸쓸해 보였다. 빛을 받아 반짝이는 머리칼이 바람에 흩날리며 이따금 뺨에 걸렸고, 그것이 신경 쓰여 쓸어내는 그 손가락의 손톱은 손질을 잘해서 반지르르한 옅은 분홍색을 띠고 있었다.

"바람이 꽤 강해졌네."

머리칼이 흐트러지는 게 싫은지, 엄마는 파우치에서 황갈색 머리핀을 꺼내 머리를 한 갈래로 묶었다.

그 순간 수영복의 어깨끈이 살짝 미끄러지며 어긋났다.

거기에 햇볕에 그을린 흐릿한 흔적이 있었다.

엄마의 피부는 햇볕에 전혀 그을리지 않은 것처럼 하얬는데, 어깨끈에 가려졌던 속살은 정확히 어깨끈 넓이만큼 창백하다 싶을 정도로 더욱 하얬다.

가족끼리 바다에도 수영장에도 간 적이 없었다. 엄마가 누구랑 수영하러 갔다는 얘기를 들은 적도 없었다. (그 무렵의 나는 해수욕장이나 수영장은 아이들이 즐기기 위해 가는 곳이라고 생각했다.)

어쨌든 그해 여름, 가족이 모르는 날에 가족이 모르는 장소에서 엄마는 똑같은 수영복을 입었다.

"안 추워? 뭐든 걸치지 그래."

어깨에 살짝 힘이 들어간 것처럼 보여서 심술궂은 마음으로 말했다. 엄마가 무리하게 몸을 내보이고 싶어 하는 것 같은 기분이 들어서였다.

"괜찮아. 모처럼 오랜만에 바다에 왔잖아. 아깝잖니."

오랜만이 아니다. 이 사람은 불과 최근에도 어딘가에서 수영복을 입고 햇볕을 쏘였다.

바닷가 돗자리에 앉아 있어도 하나도 즐겁지 않았다.

바다에 들어가려고, 티셔츠를 벗고 일어섰다.

"위험하니까 멀리 가면 안 돼."

아무 대답도 없이 파도가 밀려오는 바닷가까지 달려갔다.

모래는 물을 머금은 곳부터 갑자기 단단해져서 발바닥으로 대지를 움켜쥐고 있다는 실감이 용솟음쳤다. 발밑에서 물거품이 터졌다. 이따금 큰 파도가 쳐서 무릎까지 물이 밀려오면, 다리가 휩쓸릴 것 같았다. 파도가 물러나면 발바닥 밑의 모래도 쓸려나가 발 디딘 자리가 불안정하고 허전했다.

파도와 노는 게 앉아 있을 때보다 훨씬 재미있었다.

무너져 내리는 파도를 향해 내가 먼저 머리를 처박고, 파도가 빠져나갔을 즈음에 얼굴을 쳐들었다. 그렇게 몇 번을 반복하다 보니 발이 모래를 잡을 수 없게 되었다.

기뻤지만 금세 무서워졌다. 돌아가자. 바다는 너무 크다. 싸울 상대가 아니다.

해변에서 허리 높이까지 왔다는 느낌이 들어서 수영을 멈추고 일어섰다.

엄마가 있는 쪽을 바라보니, 두 남자가 와서 무슨 얘기를 나누고 있었다.

도중에 알아챌 수 있도록 최대한 천천히 다가갔지만, 엄마는 줄곧 얘기에 푹 빠져 있었다.

"에이 뭐야, 혹이 딸렸네."

어느새 우두커니 서 있는 나를 발견하고, 남자들이 자리를 떠났다.

"예의 없는 사람들이네."

말과는 달리 엄마는 조금도 화가 난 것 같지 않았고, 오히려 기뻐하는 기색이었다.

태양은 더 기울고, 세상은 황금빛으로 물들어 있었다.

"이제 그만 갈까."

"그래. 이래서야 일광욕도 이젠 안 될 테니까."

표정을 살펴봤지만, 엄마는 내 말을 개의치 않았다.

"오늘 그림일기는 해수욕장 이야기로 결정 났네."

여름방학 일기에 해수욕장 이야기를 못 쓴다고 했던 불평을 엄마가 기억하고 있었을까. 그래서 엄마가 나를 바닷가에 데려온 걸까.

집으로 돌아가 샤워를 했다. 내 몸에 흐릿하게 생긴 그을린 자국을 보며 어긋났던 엄마의 어깨끈을 떠올렸다.

저녁식사는 국수였다. 아빠는 가지구이가 맛있다고 했다. 아이 입맛에는 가지구이 같은 게 뭐가 맛있는지 도무지 이해되지 않았다.

"그렇게 오랫동안 햇볕을 쏘이지도 않았는데 이렇게 많이 탔어."

엄마는 여름 니트 옷깃을 젖히고, 일부러 아빠에게 수영복 자국을 보여주며 말했다.

"여기에 집 짓고 이사 왔을 무렵에는 바다에 자주 다녔지."

아빠가 먼 옛날 얘기를 하는 말투로 대답했다.

"바다가 가까워서 여기로 온 건데."

"그때는 즐거웠지."

전혀 즐거운 표정이 아니었다.

"그랬지."

엄마는 자리에서 일어나 식탁 위의 그릇들을 치우기 시작했다.

"어머니에게 비밀이 있었네요."

내 말에 다쓰코 씨가 천천히 고개를 끄덕였다.

눈동자가 미세하게 흔들렸다. 금방이라도 말을 내뱉을 것처럼 입꼬리가 몇 번인가 달싹거렸다.

"석 달 후, 학교에서 돌아왔더니 늘 집을 지키던 어머니가 안 보였어. 그 후로 두 번 다시 돌아오지 않았지.

이웃에 오지랖이 넓은 사람이 살았는데, 에노시마에서 요트를 몇 번 얻어 탔다는 말을 들었다고 했지. 어머니가 밖에서 사귄 상대 얘기를 누군가에게 털어놨을 리는 없을 테지만, 정말로 그런 소문이 있었을까? 아니면 어머니를 좋아하지 않는 사람이 근거 없는 말을 퍼뜨렸는지도 모르지.

진실이 어떻든, 그런 말을 들으면 굉장히 신경 쓰이게 마련이지.

학교가 끝나서 아무도 없는 집으로 돌아가는 길에 빈터 앞을 지나면 바다에 요트가 보일 때가 많았고, 그 후로는 그곳에서 어머니를 자꾸 떠올리게 됐지.

에노시마까지 걸어가봤어. 어린아이 걸음으로도 40분 정도면 갈 수 있지. 요트 항구는 바로 찾았지만, 요트가 너무 많아서 그냥 멍하니 쳐다봤을 뿐이야. 결심을 굳히고 여자가 있을 것 같은 배 근처까지 가봤어. 어쩌면 어머니를 찾을 수 있을지 모른다는 생각이었지.

그런데 거기 한 시간쯤 있는 동안, 저 멀리 어머니랑 닮은 사람을 딱 한 명 봤는데, 너무 떨리더라고. 저 사람이 어머니면 어떡하지. 남자가 있으면 어떡하지. 찾으러 갔으면서도 있으면 어쩌나, 없었으면 좋겠다는 생각이 든 거지.

아버지는 원래 말이 없는 사람이었지만, 완전히 우울해져서 점점 더 말이 없어졌어.

그런가 싶다가도 아이를 위로해줘야 한다고 생각했는지 갑자기 밝게 행동하며 농담을 연발하기도 했지. 서투른 사람이라 아이가 뭘 좋아하는지 통 몰랐던 거야. 육아는 아내한

테만 맡겨왔으니까. 케이크가 아니라 초밥 도시락을 아이 선물로 사들고 오는 느낌이랄까. 물론 초밥도 좋아하지만.

한 달쯤 지났을까. 갑자기 추워졌을 무렵, 집에 왔더니 아버지가 회사에 안 가고 술을 마시고 있었지.

그 후로 차츰 거칠어졌어. 회사에도 거의 안 갔고.

무기력하게 멍하니 있나 싶다가도 난데없이 화를 내며 나를 때리더군. 왜 매를 맞는지 이유를 몰랐지. 아무튼 너무 무서웠어.

몇 번인가 가출을 해봤지만, 그때마다 갈 곳도 없고, 배가 고파서 어쩔 수 없이 다시 들어갔어.

패기도 없지. 배가 고파서 다시 들어가서야 완전 어린애잖아. 어린애인 건 분명했지만.

어디서 음식을 훔치거나 누군가에게 요령 있게 들러붙거나 쓰레기통을 뒤지거나…… 나에게는 그런 다부진 용기가 전혀 없었던 거지.

바다가 보이는 빈터의 풀이 베어지고 새집이 들어서서 요트도 에노시마도 보이지 않게 됐고…….

어머니가 없는 생활에 차츰 익숙해지기 시작했지만…….”

갑자기 말문이 막혔다. 아픈 기억을 떠올리는 듯했다.

잠시 침묵이 흐른 후, 고개를 숙이고 괴로워하던 다쓰코 씨의 시야에 뭔가가 들어온 듯했다.

"기다리다 지치겠네."

다쓰코 씨가 턱을 살짝 치켜든 시선 방향을 돌아보니, 쇼가 걸어오고 있었다.

마음이 놓여서 자기도 모르게 미소가 번졌다.

내가 돌아본 걸 알아채고, 그도 "어어" 하며 가볍게 손을 들고 웃었다.

"혼났네. 전철이 꿈쩍도 안 하잖아. 기다리게 해서 미안해."

"괜찮아, 다쓰코 씨 얘기를 듣고 있었어."

"아하, 오늘은 다쓰코 씨였네요."

"그렇지."

괴로워 보였던 다쓰코 씨가 씌었던 귀신이 떨어져나간 것처럼 온화한 표정으로 돌아와 있었다.

"오늘은? 평소에는 달라?"

"어어, 이분의 본명은 류조龍三야. 드래건의 용에 숫자 삼. 여장할 때는 이름에서 한 글자만 따서 예명 다쓰코('龍'을 '다쓰'라고도 읽는다 - 옮긴이). 보통은 좀 더 섹시한 이름을 붙일 텐데 말이야."

그러고 보니 다쓰코 씨는 남자를 유혹하는 건 싫다고 말했다.

"괜히 방해하는 것 같으니, 난 이만 실례할게."

"무슨 말을 그렇게 해요. 다쓰코 씨, 전철은 아직 있어요?"

"난 바로 옆이니까 걱정은 붙들어 매시길."

다쓰코 씨는 말릴 틈도 없이 "그럼, 또 봐요"라며 손을 흔들고, 역 방향으로 걸어가기 시작했다.

막차의 신, 내가 타면 그것이 막차

어떤 전철이든 그것으로 최후이자 최종 전철

막차의 신, 내가 타면 그것이 종점

그것이 인생, 더는 앞으로 못 가는 막다른 길.

다쓰코 씨는 생전 들어본 적 없는, 불길한 분위기를 풍기는 노래를 고가 밑에 울리며 멀어져갔다.

일부러 잰걸음으로 걸어간다는 듯이 양손을 크게 흔들었다. 활기찬 발걸음이라기보다는 활기찬 척하는 느낌.

"이상한 노래네."

다쓰코 씨의 모습이 어두운 골목으로 사라질 때까지 기다렸다가 쇼에게 말했다.

"있지, 굉장한 얘기를 들었어."

쇼에게 다쓰코 씨한테 들은 소년 시절 이야기를 간추려서 들려주었다.

얘기를 하는 동안, 쇼는 조용히 귀를 기울였다.

"류조 씨는 가마쿠라의 꽤 좋은 집에서 태어난 모양인데, 지금은 저쪽 강가의 간이 숙박소에 살아. 왜 이 지역에 사느냐고 물었던 적이 있어. 그랬더니 '직장이 가까워서 어쩌다 보니'라더군. 그래서 무슨 일을 했느냐고 물으니까 뭐랬는지 알아? 스트립쇼래."

"설마 다쓰코 씨가 벗은 건 아니겠지."

"나도 똑같이 물었어. 설마 아니죠, 라고. 물론 아니었지."

하행 전철이 머리 위를 통과해서 우리의 대화는 중단되었다. 덜컹덜컹 묵직한 듯한 소리였다. 이 시간이면 마지막 전철이겠지. 이 시간까지 수많은 사람들이 일하거나 공부하거나 데이트하거나 술에 취해서 콩나물시루인 마지막 전철을 탄다.

"2년 전까지 강 맞은편에 스트립쇼 극장이 있었어. 지금은 철거돼서 없고. 스트립쇼 극장에서는 무용수가 춤을 추는 중간에 콩트를 집어넣나 봐. 거기서 콩트 대본을 썼대. 그 전에는 콩트를 하는 쪽, 다시 말해 연예인이었고. '베르사이유'라는 여장 콤비였는데, 다쓰코 씨의 예명은 베르사이유 다쓰코, 상대는 베르사이유 리쓰코. 인기가 꽤 많아서 연예공연장이나 텔레비전에도 나갔던 모양이야. 조금 전 노래는 그 시절의 콩트 테마송이고."

"그런데 왜 하필 스트립쇼야?"

"콩트 파트너가 각성제로 체포됐나 봐. 그래서 일이 완전히 끊겼대. 그래도 기획사무실에서 당신 대본은 재미있다면서 젊은 연예인들이 공연할 대본을 써달라고 부탁해서 그때부터 콩트 작가가 됐지. 이름을 들어보면, 유명해진 연예인도 몇 명인가 있더군. 류조 씨의 대본 덕분에 인기를 얻은 사람이 아주 많나 봐."

"흐음."

그의 얘기를 들으면서 다쓰코 씨는 타인을 바라보는 눈빛이 다정하다고 느꼈다. 그런 일에도 재능이 있는 사람이었구나.

"연락이 끊긴 콩트 파트너의 이름을 4년쯤 지나서 신문에

서 봤나 봐. 각성제 재범으로 집행유예 없이 징역형을 선고
받았다는 기사로 말이야. 슬펐다고, 아니 한심했다고 말하더
군. 왜 그 모양이냐고 멱살을 움켜잡고 때려주고 싶었대."

"우울하고 정신이 불안정해져서 대본을 쓸 수 없게 됐어.
아니, 쓰긴 했지만 반응이 좋지 않았지. 왜 반응이 없는지, 어
떻게 하면 반응을 이끌어낼 수 있는지, 그걸 알 수 없게 돼버
린 거야. 얼마 후 사무실에서 해고됐어. 그래서 스트립쇼 극
장으로 흘러든 거지.

스트립쇼는 여자 알몸을 보러 오는 곳이잖아? 어차피 콩
트 따윈 덤이고, 아무도 웃으려고 오진 않아. 그렇게 생각하
니까 마음이 편해지더군. 말하자면, 될 대로 되라는 심정이
었지.

텔레비전이나 공연장이랑 달라서, 이건 안 되니 저건 안
되니 하는 제약도 없어. 에로든 그로테스크든 정치인 험담이
든 뭐든 내 맘대로 맘껏 쓸 수 있지.

도대체 지금까지는 뭐였나. 자유로운 줄 알았는데, 자기
자신을 얼마나 옥죄어왔는지 깨닫게 됐지.

그랬더니 물 만난 고기라고 해야 할까, 나도 재미있는 대

본을 쓸 수 있더라고.

그 대신 발표할 만한 자리는 전혀 없었지. 텔레비전에서 화제가 되지도 않고, 공연이 끝난 뒤 대기실 앞에 수많은 팬이 줄을 서서 기다리는 일도 없고.

목적은 스트립쇼. 알몸을 보러 오는 거지.

그런데 말이야. 보고 싶어서 온 것도 아닌 손님에게 콩트를 보여주고, 크게 웃기고 나면 쾌감이 느껴지거든. 해냈다는 느낌이 들지.

슬픈 영화를 보러 오는 손님은 처음부터 울고 싶은 거잖아. 액션 영화라면 주인공과 함께 위기에 처하면서 마지막에는 적을 물리치는 쾌감을 얻으려고 오는 거 아닌가.

어찌 된 영문인지는 잘 모르겠지만, 스트립쇼를 보러 오는 손님은 그리 행복해 보이는 사람이 없어.

굳이 나누자면 인생이 재미없다, 이대로 일해본들 딱히 돈도 안 모인다, 그래서 일확천금을 노리고 경마를 했는데 내일 식비까지 날렸다거나 말이지. 연금 들어온 지 사흘밖에 안 돼서 이번 달은 좀 여유가 있다, 그러니 스트립쇼라도 보러 가볼까, 좀 나은 경우라 해도 기껏해야 그 정도 느낌이지. 엔터테인먼트를 즐기러 왔는데도 왠지 미간에 주름을 잡고 언짢은 분위기를 풍기는 사람이 많아.

연봉 3,000만 엔에 여유로운 돈이 있어서 '그래, 지난주에는 숨은 맛집인 프렌치 레스토랑에 갔는데, 오늘은 분위기를 바꿔서 스트립쇼라도 보러 가볼까', 이런 경우는 일단 없는 거지. 100엔짜리 싸구려 컵에 네스카페를 마시는 사람은 와도 웨지우드 잔에 포트넘 앤드 메이슨의 다즐링 티를 마시는 사람은 안 와.

손님의 목적은 에로야.

한마디로 남자가 무대에 나오는 것 자체가 방해거든. 빨리 빠지고 여자나 내보내, 그런 분위기지.

그런데 말이야.

그런데 말이야.

그런데도 말이야. 웃는 거라. 그 사람들이 내 콩트를 보고 웃는다고.

미간의 주름이 사라지고, 진심으로 웃는 거라고. 그들을 보고 있으면 딴사람 같아. 스트립쇼는 멀리서 봐야 아무 소용도 없어. 결국은 소극장이지. 보통은 다 차도 서른 명 남짓이야. 무대에서 보면 손님들 얼굴이 다 보이거든. 그런데 내가 쓴 콩트를 보고 정말로 단 한 명도 안 빼고 재밌는 표정을 짓는 거야.

그걸 알아챘을 때, 이 일을 하길 잘했다 싶더군. 이거야말로 내가 원했던 일이다. 그런 생각이 들었지. 계속 하고 싶다고 생각했어."

거기까지 얘기한 다음, 류조 씨는 담배에 불을 붙였다. 이제부터 괴로운 이야기를 하겠다는 예고라는 걸 어렴풋이 짐작할 수 있었다.

폐 안에 연기를 골고루 퍼뜨리듯이 서서히 들이마셨다 서서히 내뿜었다.

"그런데 하필이면 그 시기에 교도소에 들어간 줄 알았던 리쓰코가 나타났지.

낮 공연이 끝나고, 저녁 공연을 시작하기 조금 전이었어. 나를 어떻게 찾아냈을까. 극장으로 불쑥 찾아왔더군.

놀랐지. 자기가 먼저 연락처도 안 가르쳐주고 사라졌다가 어느 날 느닷없이 눈앞에 나타난 거야. 바보가 따로 없지.

출소했다더군.

머리가 몹시 짧았어. 늙었다는 생각이 들더군. 말랐구나 했어.

몇 번이나 고개를 숙이더군. 한참을 용서를 빌었어. 그러더니 부탁이 있다는 거야.

각성제에 손을 댄 이유, 아내가 어떻다는 둥, 신세 진 사람의 소개라 거절할 수가 없었다느니, 그런 말들을 하염없이 늘어놨을 거야.

나는 거의 듣지 않았어. 처음부터 얘기를 들을 기분도 아니었지. 계속 그를 돌려보낼 말을 고민했지. 어느 타이밍에 뭐라고 해야 할까, 줄곧 그 생각뿐이었어.

숱한 고난을 당하고, 혼자 살아오고, 버티고 살아남아서 가까스로 내가 설 자리는 여기다 싶은 곳에 이르렀어.

그 얘기를 들었다간 그 뭐냐, 정에 이끌릴지도 모르잖아.

농담이 아니야. 그린 일이 벌어지면 곤란해. 나는 지금 행복해. 지금 하는 일을 나의 천직으로 여기게 됐단 말이지.

콩트 파트너든 누구든 이젠 그 누구에게도 내 인생을 흔들리고 싶지 않았어.

그 녀석은 다시 한 번 콤비를 짜서 같이 콩트를 하고 싶다더군.

그럴 거라 예상했지.

그 녀석과는 아무 말도 하지 않았어. 그 녀석이 일방적으로 떠들어댔을 뿐이야. 나는 듣지 않았어. 그리고 내 얘기도 하지 않았지. 이제 와서 서로 이해하고 싶지도 않았고. 이해하게 되면 망설임이 생길지도 모르잖아.

엄청나게 비틀비틀 헤매다 지금 여기에 있는 거야.

'돌아가. 두 번 다시 오지 마.'

내가 한 말은 그것뿐이야.

'왜 그래, 류짱.'

녀석이 나를 뚫어져라 쳐다보며 말했지만, 나는 아무 말도 하지 않았어.

'돌아가.'

그 말뿐이었지."

얘기를 들으면서 가슴 깊은 곳에 모래주머니가 들어찬 기분이었다.

"괴롭네."

"응, 괴롭지."

쇼는 몇 번인가 고개를 저었다. 이제 전철은 다니지 않는다. 고가 밑은 줄곧 고요했다.

"그러고 보니, 내가 다쓰코 씨에게 무슨 일을 하냐고 물었어. 그랬더니 일 얘기는 전혀 안 하고, 어린 시절부터 살아온 얘기를 시작했어."

"내가 스트립쇼 극장의 콩트 얘기를 들었을 때도 어린 시절 얘기부터 했어."

"그랬구나. 어쩌면 천직을 만날 때까지의, 삶과 일이 하나가 될 때까지의 과정을 전부 들려주려고 했나 보네."

내가 다시 쇼짱에게 물었다.

"아 참, 콤비 분은 그 후에 어떻게 됐어? 다쓰코 씨한테 거절당한 뒤에 다른 사람이랑 팀을 결성했나?"

"파트너인 베르사이유 리쓰코 씨는 류조 씨에게 거절당하자마자 저 역을 통과하는 급행열차로 뛰어들었어."

"어머…… 그게 무슨 소리야. 저 역이라면, K역?"

세상에…….

심장이 답답해졌다. 목이 조여들어 숨을 제대로 쉴 수가 없었다. 눈앞의 쇼는 관자놀이가 꿈틀거렸다.

"가까운 사람이 두 번이나 먼저 죽어버리면, 살기 싫어지겠지."

두 번? 죽어버려?

"두 번이라니 왜……, 두 번이라니 무슨 뜻이야, 응?"

쇼에게 달려들듯이 매달리며 물었다.

"아아, 아직 못 들었구나."

"못 듣다니, 뭘?"

"류조 씨, 가마쿠라 집을 떠난 후에 계속 시설에서 살았어."

"시설?"

"보호시설. 아버지가 에노덴 역에서 투신자살해서 혼자 남았거든."

잠깐만. 그런 말은 못 들었는데.

"뭐야, 그게. 왜, 왜 다 죽는 거야. 농담해? 제발 그만해."

양손의 주먹이 불끈 쥐어졌다.

뭐든 내리치고 싶은데 아무것도 없어서 움켜쥔 주먹만 몇 번이고 바르르 떨었다.

"그래서 사람을 웃기고 싶었대. 웃는 얼굴이 없는 집에서 커서 웃는 얼굴 보는 게 좋았대. 그래서 시설에서 나와 개그계의 문을 두드린 거래."

고가 밑은 고요했다.

고요함이 두개골 틈새를 찌르며 파고드는 것 같았다.

지금이야말로 전철이 와서 귀를 틀어막을 만한 굉음으로 뇌 속을 마구 휘저어주길 바랐다.

이럴 때는 왜 전철이 안 지나가지.

아무리 소망해도 아침까지는 전철이 달리지 않는다.

"으음, 인사사고 말인데, 정말 자주 일어나지."

"그러게."

"으음, 사야."

쇼가 나지막한 목소리로 내 이름을 불렀다.

"응?"

"넌 먼저 죽지 마."

"뭐? 잠깐만, 그게 무슨 소리야.

너무 철부지잖아.

그건 내가 할 대사야. 까불지 마.

잘 들어! 똑똑히 기억해둬. 반-드시 내가 먼저 죽을 거야."

움켜쥔 주먹으로, 진심으로 때리며 덤벼들었다.

"샌드백을 만들어주겠어."

그만해, 그만하라니까. 야, 그만해. 그-만-햇! 이웃사람들 깨겠다.

고가 밑에 쇼의 목소리가 메아리쳤다.

아무도 오가지 않는 가로등 밑에서 길고양이가 이쪽을 뚫어져라 쳐다보았다.

제6화

빨간 물감

"너, 친구 없지?"

도미타 히로미치는 일부러 내 앞까지 와서 그 말만 하고 획 가버렸다. 항상 교실 뒤에 무리 지어 있는 남자애들 그룹 중 한 명. 고작 심부름이나 하는 쫄따구다.

그들에게는 친구가 없는 게 뭔가가 뒤떨어진다는 의미인 셈이다.

"친구 같은 거 딱히 필요 없는데."

처음에는 그렇게 받아쳤다. 그 후에도 아마 두 번쯤 더.

꿀리기 싫어서 억지 쓰네. 억지 아니야. 그런 유치한 말다툼이 금세 싫어졌다. 고등학생이나 돼서. 한심하다.

애당초 반에 누구 하나도 친구가 되고 싶을 만큼 마음에
드는 인간이 없었다. 대화를 해봤자 보나마나 재미없겠지.
방과 후에 같이 귀가하거나 굳이 휴일에 어디 놀러 가자고
청하고 싶은 마음도 물론 없다. 친구가 되느니 차라리 친구
가 아닌 게 더 마음 편한 인간뿐이다. 왜 친구가 필요하다고
생각해야 한단 말인가.

너나 나나 할 것 없이 학교에 있는 내내, 필사적으로 서로
친구라고 확인하고 집에 돌아간 후에도 하루 종일 휴대전화
로 교우 관계를 지속하는 게 최고 중요한 과제인 것이다. 틀
림없다. 그러니 친구가 없어도 아무렇지 않은 표정을 짓는
내가 맹렬하게 마음에 안 들었겠지.

최소한 너희는 내 친구가 아니야.

날 친구로 생각하지 않으면, 구태여 날 상관할 필요도 없
을 텐데.

점심시간이면 계단참에서 자주 교정을 내려다보곤 했다.

어릴 때 모래밭에서 개미 떼를 관찰할 때처럼 점점이 집단
으로 움직이는 모습을 보고 있으면 싫증이 나지 않는다.

서로 도시락 반찬을 보여주는 행동은 딱 질색이고, 아이돌
이름도 모른다. 저런 어린애들과 대화하고 싶은 화제는 전혀

떠오르지 않았다.

혼자 조용히 내 도시락을 먹고, 계단까지 가서 계단참에서 밖을 내다보는 게 가장 즐거웠다.

일부러 들으라는 듯이 소곤소곤 속삭이는 목소리가 들렸다.

도시락 반찬, 또 비엔나소시지더라. 월요일부터 사흘 연속으로 똑같은 반찬이야. 보나마나 생선살이랑 전분을 넣은 제일 싼 소시지겠지.

아하하. 하하하. 하하하.

자음이 강조된 소곤거림이 마지막에는 모음이 아주 강한 웃음소리로 비뀌었다.

성가신 교우 관계를 피하다 보면, 이따금 다른 성가심이 엄습해온다.

내 필통이 사라졌다. 수업 중에 조그맣게 자른 지우개 토막이 날아왔다. 실내화를 감춰서 혼자 맨발로 수업을 들었다.

딱히 떠들어대지도 않고 태연한 나를 나약한 여자애라고 여겼는지, 못된 장난은 한층 더 심해졌다. 그런데도 나는 그들에게 항의하지 않았다.

그 대신 신발장에 고무로 된 바퀴벌레 몇 마리를 넣고, 뚜껑을 열면 튀어나오게 해두었다. 그렇게 못된 장난에 복수한 뒤로 동급생들의 심술궂은 짓은 중단되었다.

담임선생에게 알린 건 실내화 사건뿐인데, 내가 맨발로 복도를 걸어가는 모습을 보고 왜 그러냐고 물어서 애들이 못된 장난을 쳐서 실내화가 없어졌다고 대답했다. 그때 범인이 도미타라는 것도 알고 있었다. 심증이 가는 사람이 있냐고 물어서 망설임 없이 그의 이름을 댔다.

학교에 있는 게 굉장히 괴롭지도 않았다. 즐겁지도 않았고, 굳이 말하자면 너무 어리석다고 느꼈다.

수업 중에는 대체로 공책에 그림을 그렸다. 그러기 위해 공책은 늘 두 권을 펼쳐놓았다. 수업 따윈 안 들어도 시험에서 그럭저럭 점수를 딸 자신은 있다. 어차피 수업 중에 선생님이 하는 말은 교과서에 나와 있는 내용이다.

근처에 모 재벌의 저택이었다는 큰 공원이 있어서 날씨 좋은 날에는 거기에 가서 그림을 그리기로 했다.

공원 앞에 우주당이라는 상호를 가진 화방이 있었다. 공원 앞에서 사슴 전병을 팔면 사람들은 사슴에게 먹이를 주게 된다. 공원 근처에서 스케치북이나 물감을 팔면 그림을 그리게 되는 걸까. 근사한 화구를 들고 온 많은 노인들이 저마다의 장소에서 자기 의자와 이젤을 펼치고 그림을 그리고 있었다.

이유는 잘 모르겠지만, 노인들은 하나같이 주머니가 많이 달린 조끼를 입고 있었다. BS방송에서 이 영양보충제를 한 달 먹었더니 통증이 싹 가셔서 지팡이 없이 걸을 수 있게 됐다며 활짝 웃는, '고객의 소리'를 연기하는 장년의 배우가 입고 나오는 조끼. 가슴 언저리에 '개인적인 감상입니다'라는 작은 글씨가 적혀 있다.

그 노인들은 나무숲 너머로 보이는 고층 빌딩을 즐겨 그렸다.

나도 처음에는 공원 풍경을 그렸다.

노인 한 분이 내 그림을 들여다보며 엄청나게 칭찬을 해주자 풍경화에 싫증이 나서 눈앞에 없는 것을 공상해서 그리게 되었다. 지나가던 사람들 몇 명이 스케치북을 들여다보며 고개를 갸웃거렸다.

새로운 발견도 있었다.

탁한 색깔의 파스텔을 사서 그 색으로만 세상을 그리자 점점 멜랑콜릭한 기분에 젖어들었다. 아아, 이대로 죽어버려도 괜찮겠다 싶은 마음까지 들기 시작한 것이다.

그것을 알아챘을 때, 나의 짓궂은 마음은 새로운 실험을 시작했다.

어두운 그림을 그리면서 내 마음을 점점 더 어둡게 만들어갔고, 그다음에는 어두워진 내 마음이 어떤 그림을 그리는가. 마음에서 그림으로, 그림에서 마음으로 잇달아 피드백을 해나갔다. 나의 정신과 육체를 이용해서 그것을 시험해보기로 마음먹었다.

머지않아 그림을 그림으로써 자기감정을 상당히 많이 조절할 수 있다는 걸 알게 됐다.

즐거운 그림을 그리면 즐거워진다. 슬픈 그림을 그리면 슬퍼진다. 그리고 분노를 담으면 금방이라도 폭발할 듯이 분노가 끓어오른다.

마음 한구석을 쓱 밀어줘서 즐거워지면, 마음은 점점 더 고양된다. 그때까지는 그려보지 못한 그림을 그릴 수 있게 된다. 슬프고 괴로워질 거라 예상하며 그런 그림을 그리면, 감당할 수 없는 불안과 슬픔이 나를 압도해서 칠흑같이 어둡고 형체 없는 추상적인 도형이 도화지에 모습을 드러낸다.

놀라웠다.

나이면서 내가 아닌 나. 알지 못했던 내가 마음속에 나타나고, 그것이 그림이라는 형체를 갖춘 것으로 바뀌었다. 마치 마법을 쓸 수 있게 된 것 같았다.

최강의 정신이다. 가슴 깊은 곳에서 행진곡이 울려 퍼지고, 하늘을 향해 주먹을 치켜들고 싶을 만큼.

그림으로 완성된 정신을 안고 교실에 들어가면, 어떤 일에도 전혀 동요하지 않는, 초연한 나로 존재할 수 있다는 걸 깨달았다.

그 무렵에는 반 아이들 누구도 나에게 다가오지 않게 되었다.

여전히 그림을 그리고 싶은 유혹에 저항할 수 없었다. 그림을 그릴 때의 나는 최강이다. 아무것도 두렵지 않았다. 마약이니 각성제니 하는 것들도 어쩌면 이런 느낌일까.

"너, 학교에서 뭐 했어?"

어느 날, 집으로 돌아오니 엄마가 내가 오길 기다리고 있었다.

"담임인 시게야마 선생님이 학교에 좀 와달라고 전화했던데."

엄마가 학교에 불려간다는 뜻이다. 긴급한 삼자 면담이었다.

"사가노, 너 괴롭힘 당하는 거 아니니?"

면담에서 담임의 말을 듣는 순간, 엄마가 지었던 놀란 표정은 잊을 수가 없다.

물론 엄마는 내가 수업을 소홀히 하거나 빼먹는 건 까맣게 몰랐다. 담임은 담임대로 내가 학교에 안 오는 이유는 반에서 괴롭힘을 당하기 때문이라고 단정 지었다.

실내화 사건이 있었으니 담임이 그렇게 생각한 게 자연스럽다고 볼 수도 있지만, 걱정을 해줄 거면 그 사건이 발생했을 때 했어야지.

이제는 누구도 나를 괴롭히지 않는다.

"그렇게 간단히 괴롭힘이 사라질 리 없어. 숨기지 말고 다 털어놔."

나를 피해자로 만들고 싶어 하다니, 이 무슨 무익한 말씨름이란 말인가.

"아니요, 괴롭힘 같은 건 안 당해요."

세 번이나 확실하게 부정했다.

"지금 이 자리에서 괴롭힘을 당한다고 털어놓지 않으면, 널 도와줄 수가 없어."

당신한테 도움 받을 생각 없거든. 그 말을 애써 삼키고 아래를 내려다봤다.

"보복이 무서워서 그렇게 말하는 거 아니니?"

"나를 괴롭혀봤자 재미없을 거예요, 틀림없이."

무서운 건 없다. 그런 말도 입 밖에 내지는 않았다.

엄마는 당황해서 어쩔 줄 몰라 했다.

"아무튼 이대로라면 출석 일수가 모자라서 3학년으로 진급할 수 없어."

담임선생의 그 말을 듣고, 최소한 출석 일수가 채워지는 선에서 빠져야겠다고 결심했다.

미대에 가고 싶은 마음이 들기 시작했기 때문에 졸업을 못하면 곤란했다.

여름방학이 가까워질 무렵, 수채화 물감을 쓰기 시작했다.

1교시 수업은 반드시 출석했다. 어쨌든 학교에 가서 미술부 교실에 보관해둔 물감을 꺼내야 했다.

나머지는 과목별로 결석 일수를 계산하면서 그때그때 기분에 따라 학교에서 빠져나왔다. 공원에서 그림을 그리고, 도구를 정리하러 학교로 돌아갔다. 빨리 돌아간 날에는 6교시 수업을 들었고, 그렇지 않으면 특별활동 시간에 개의치 않고 제멋대로 교실을 드나들었다.

여름방학에는 입시 학원에 다니며 오로지 열심히 데생을 배웠다.

단조로운 여름방학이 끝나갈 무렵, 8월 25일, 아마 월요일 이었을 것이다. 혼자 인기척이 뜸해진 해수욕장에 갔다. 해변에는 몸매 좋은 비키니 차림의 여성과 그 옆에서 무료한 듯이 아이스크림을 먹고 있는 어린 남자아이뿐이었다.

검게 그을린 점원이 지키는 한산해 보이는 바닷가 매점. 태양 탓인지 일부러 탈색한 건지, 턱수염까지 갈색으로 퇴색된 그 남자가 힐끗힐끗 쳐다보는 시선을 느끼며 매점의 하얀 의자에 앉아 얼음이 녹아 차츰 옅어지는 아이스커피 그림을 몇 장이나 그렸다.

얼음이 다 녹아버리자 따분해져서 바닷가로 걸어갔다.

태양 빛 속에 서 있으니 내 다리는 이상하게 희멀게서 8월 끝자락의 바다에는 어울리지 않았다.

9월에는 학교를 별로 빠지지 않았다. 그렇긴 해도 친구는 여전히 없었고, 반에서 말도 거의 하지 않았다.

"미대에 가려는 녀석은 역시 좀 특이해."

그런 말을 듣게 되니, 기분 탓인지 몰라도 나에게 쏟아지는 시선이 부드러워졌다.

내가 다른 모두와 다른 것을 그 사람들은 아마 그런 표현을 써서 이해했겠지. 알기 쉬운 분류법을 찾아내서 머릿속에 이질적인 인간을 받아들일 장소를 마련했다. '정체를 알 수 없는 존재'였던 사가노 히토미가 '미대에 들어가려는 녀석'이라는 팻말이 붙은 '흔하디흔한 인간'이 된 것이다.

지각도 안 하고, 1교시가 시작되기 전에 자리에 제대로 앉고, 점심시간에는 옥상이나 계단참, 아니면 운동장 한 귀퉁이의 나무 밑 벤치에서 책을 읽는다.

방과 후에는 1주일에 두 번, 미대 입시 학원에 다닌다.

다른 날에는 하교 방송이 흘러나올 때까지 미술부 교실에서 주변에 있는 물건들을 닥치는 대로 데생한다.

그렇지 않으면 학교 안을 이리저리 걸어 다녔다.

계단 난간의 금속 장식, 운동부 교실 옆에 내팽개쳐둔 운동화, 한가운데가 짓밟혀서 찌그러진 페트병, 수다에 푹 빠진 여학생들의 뒷모습, 배구공을 넣는 가방, 칠판지우개, 주머니에 손을 넣고 서 있는 남학생, 운동장 한쪽에서 방망이를 정리하는 야구부 후보 선수, 멈춰 서서 그런 것들을 크로

키했다. 흡사 카메라로 스냅사진을 찍으며 돌아다니듯이.

수업을 안 빠지는 대신, 그림을 그리고 싶은 욕망의 출구를 그런 데서 찾았는지도 모른다. 한층 더 탐하듯이 주위 물체와 인물을 정신없이 그려나갔다.

쏟아내지 않고는 견딜 수 없는 뭔가가 있었다. 얼마나 쏟아내야 내용물이 고갈될까. 계속 쏟아내야만 하는 괴로움. 그리고 쏟아낼 것이 사라져버리는 데 대한 불안감. 그런 감정이 날에 따라, 시간에 따라 밀려들었다 빠져나갔다.

10월로 접어든 지 얼마 안 됐을 무렵이다. 별안간 또다시 학교를 벗어나고 싶었다.

오랫동안 땡땡이를 치고픈 유혹은 사라졌는데, 그날은 화구를 들고 점심시간이 시작되자마자 교문을 벗어나 쏜살같이 공원으로 향했던 것이다.

풀 냄새, 나무 냄새, 썩기 시작한 낙엽 냄새, 아무튼 온갖 식물 냄새로 가득했다.

이런 걸 갈망했구나. 축축한 숲 공기 속에서 생각했다.

학교는 흙색과 콘크리트색. 그리고 신발장 냄새뿐이었다.

하늘은 구름으로 덮여 있었다.

여름 내내 무성하게 우거진 활엽수 잎들이 단풍철을 앞두고 짙게 물들어가고 있었다. 시선이 닿는 모든 숲이 농도가 다른 녹음으로 뒤덮여 있었다. 녹색 하나만 해도 무한한 숫자의 색깔이 있는 것처럼 보였다.

나무 그늘에 자리를 잡고, 잔디에 내려앉았다.

짙은 녹음이 필요했다. 물감 튜브를 꺼내 수채화용 팔레트에 풀었다. 아주 살짝 검정색을 섞었다. 하얀 팔레트의 옴폭 파인 자리에 오래 쪄낸 찻잎 같은 불투명한 녹색 웅덩이가 생겼다.

심호흡을 한 후, 팔레트에 붓을 담갔다. 들어 올리자 풀어 둔 물감에 작은 기품이 생겼다.

도화지에 수평선을 긋고, 그 위에 나무숲의 윤곽을 그렸다.

칙칙한 짙은 녹색 물감만 써서 수묵화처럼 땅에 우뚝 선 나무들을 빠르게 그려나갔다.

숨을 훅 몰아쉬며, 붓을 내려놓았다.

조용히 호흡을 하자 숲 냄새 속에서 희미하게 물감 냄새가 났다.

이어서 윤곽뿐인 그림에 나무의 디테일을 마구 칠해나갔다.

수평선 밑의 새하얀 지면과 숲의 형태를 한 녹색 부분. 그 위의 하얀 하늘. 도화지가 그 세 개 영역으로만 나뉘었다.

"하루카짱, 손을 놓으면 안 되지."

낯선 이름을 부르는 여자 목소리가 들렸다.

쳐다보니 새빨간 풍선이 바람에 실려 이쪽으로 날아왔다. 그 너머에서 빨간 점퍼스커트를 입은 어린애가 울고 있었다.

바람이 한차례 불어닥치자 풍선은 순식간에 상공으로 솟구쳐 올랐다.

풍선은 멀어져가면서 흐린 하늘을 배경으로 급속하게 자기 색깔을 잃었고, 석류처럼 검붉은 색으로 바뀌더니, 머지않아 한낱 작은 검은 점이 되어 상공으로 사라졌다.

흐느껴 우는 아이 앞으로 엄마가 감싸듯이 몸을 굽힌 탓에 새빨간 스커트도 시야에서 사라졌다. 울음소리만 쏟아져 나오는 즉시 숲으로 빨려들었다.

내가 그린 온통 녹색뿐인 그림으로 시선을 떨어뜨렸다.

빨간색이 필요해.

시야 속에 지금껏 없었던 빨간색이 별안간 나타나 나의 시선을 사로잡았는데, 그것은 눈 깜짝할 새에 시야에서 사라졌다.

주위는 또다시 온통 초록이었다.

조금 전까지는 그것이 기분 좋았다. 그래서 나는 이 실제 공원 숲보다 훨씬 더 녹음이 짙은, 초록투성이인 초록뿐인 세상을 그렸다.

그런데 빨간색을 보고 나자 결국은 그림 속에 어떻게든 빨간색을 그려 넣고 싶어졌다.

현실 세계에서는 풍선과 치마가 보이지 않게 됐지만, 내 그림 속에는 어떻게든 빨간색을 그리고 싶었다. 이것은 내가 만드는 세상이다. 내가 빨간색을 원하면, 거기에 빨간색을 존재시킨다. 내가 이 세상에 빨간색을 더한다.

천으로 된 가방에서 물감이 들어 있는 플라스틱 케이스를 꺼냈다. 그것을 바닥에 모조리 쏟았는데도 빨간 물감은 없었다.

그렇다. 빨간색은 이미 없었다.

기억이 났다. 여름방학 전에는 빨간 그림만 그렸다.

그 후, 데생이나 크로키만 해서 물감은 까맣게 잊고 지냈다. 5밀리리터짜리 빨간색 튜브를 다 쓴 무렵부터 물감을 쓰지 않았던 것이다.

공원 문을 나가면 바로 앞에 우주당이 있다. 똑같은 홀베인 물감을 살 수 있다.

그런데 '바로 앞'도 참을 수가 없었다. '당장' '여기에' 빨간색을 갖고 싶은 욕구를 억제할 수 없었다.

손을 봤다. 양쪽 손바닥을 뚫어져라 쳐다봤다.

팔의 바깥쪽은 햇볕에 탔지만, 손목 안쪽은 8월 25일의 다리처럼 창백했다.

8월 25일의 다리처럼…….

왜 그날만은 날짜를 기억하고 있을까.

온통 칙칙한 녹색뿐인 그림. 팔 안쪽의 하얀 피부. 사라진 빨간색.

발밑 잔디밭에 쏟아낸 물감 튜브 위에 커터칼이 놓여 있었다.

팔레트를 무릎에 얹고, 왼손을 그 위에 드리웠다.

오른손에 쥔 칼을 왼쪽 손목에 갖다 댔다.

하얀 피부 위로 칼을 긋는 데 망설임은 없었다.

팔레트의 녹색 반대편 칸에 아주 조금만 떨어뜨리려 했는데…….

벤 상처에서 맨 처음 나온 피는 팔레트가 아니라 오히려 도화지를 향해 힘차게 뿜어져나갔다.

하얀 땅과 초록빛 숲.

그 위에 튀어 오른 핏방울이 덧씌워졌다.

그 무늬가 괜찮다고 생각한 건 아주 짧은 한순간이었다.

팔레트 위에도, 도화지 위에도 눈 깜짝할 새에 핏물이 고이며 번져나갔다.

피를 빨아들인 도화지가 변형되며 네 귀퉁이가 위로 솟아올랐다.

통증은 별로 느껴지지 않았다.

아아, 아름답다.

그런데 너무 선명해.

검은색을 좀 섞어야겠어.

일단은 그런 생각이 들었고, 그제야 겨우 힘차게 뿜어져 나오는 그 양에 당황했다.

반대쪽 손으로 필사적으로 누르고 또 눌러도 심장 박동과 어우러지듯 쿨렁쿨렁 뿜어져 나왔다. 들리지 않았던 고동 소리가 갑자기 귓속에 울려 퍼졌다.

어떡하지.

무서웠다.

무서워서 뭐라고 큰 소리로 외친 것 같다. 아마도.

그리고 그대로 의식을 잃었다.

시야에 뿌옇게 번지던 하얀 천장이 차츰 선명하게 보였을 때, 나는 벽 앞에 서 있는 줄 알았다. 벽으로 좀 더 가까이 다가가려고 앞으로 내민 다리가 몹시 무거웠다. 그도 그럴 것이 침대 위에 똑바로 누워 있던 내 다리는 덮어둔 이불을 들어 올리려 했기 때문이다.

투명한 마스크가 입에 덮여 있었다. 그래서 내가 병원에 있다는 걸 간신히 이해했다.

그렇다. 스스로 손목을 그은 것이다.

늘 가는 공원에서 그림을 그리고 있었다. 빨간 물감이 없다고 왜 굳이 손목을 그을 생각을 했을까. 내가 저지른 짓을 떠올려봤지만, 내 행동이 너무 부조리하게 느껴졌다. 되살려낸 기억이 혹시 잘못된 걸까. 물감 대신 자기 혈액으로 그림을 그리려 하다니, 그런 바보 같은 짓이 있을까.

모터가 돌아가는 듯한 소리가 들리고, 갑자기 팔이 조여들었다. 혈압을 자동으로 재는 장치인 모양이다. 팔에는 고무관이 달려 있었다.

"사가노 씨, 의식이 들어요?"

여자 간호사가 들어왔다.

"이름을 물어봐도 될까요?"

이쪽이 무슨 질문을 하기도 전에 먼저 말을 건넸다.

"아, 사가노 히토미입니다."

"생일을 말해주세요." "오늘은 몇 월 며칠이죠?"

유치원 선생님 같은 말투로 잇달아 던지는 질문에 대답했다.

"네, 전부 정답이에요. 괜찮은 것 같네요."

다행이다. 아직 같은 날이구나. 그리 오랫동안 의식을 잃지는 않았다.

기분은 어때요? 머리는 안 아파요? 혈압이 조금 낮은데, 출혈과 약 때문이겠죠. 산소 마우스피스는 이제 뗄게요. 링거주사는 아직 반이 남았으니, 다 맞을 때까지 바이털도 그대로 둘게요.

체크시트 같은 곳에 시원시원하게 숫자를 기입해나갔다.

바이털이라는 건 맥박이나 혈압을 표시해주는 장치인 것 같다.

"어머님이 돌아오셨어요."

병실 입구 커튼에서 엄마 얼굴이 엿보였다.

"어때, 괜찮니?"

야단맞을 줄 알았는데, 의외로 엄마의 표정은 부드러웠다.

"난 괜찮은데, 병원 침대에 있네."

"왜 여기 있는지, 아니?"

"손목을 그었지."

"공원에서 도화지 위에 엎드려 있는 널 발견하고 구급차를 불러주신 분이 계셔."

엄마의 말투는 평소보다 훨씬 느렸다.

"왠지 나른해."

"피를 많이 흘려서 그렇지. 헤모글로빈이 부족하면 산소와 영양이 몸속 구석구석까지 못 미치니까."

어설픈 지식을 짜깁기해서 제법 잘 아는 듯이 말하는 게 엄마의 특기였다.

"뿜어져 나오는 피를 어떻게 할 수가 없어서 그냥 이유도 모르고 온몸에 힘을 줬던 것 같은 기분이 들어."

"칼로 벤 자리에는 근육이 없으니 힘을 줘도 피가 멈출 리 없지."

머릿속에 수도꼭지에 연결된 호스가 물을 뿜어내며 요동치는 듯한 혈관 이미지가 떠올랐다.

의식을 잃을 때까지 그리 긴 시간이 걸리진 않았을 텐데, 그사이에 마치 며칠분의 에너지를 써버린 것처럼 온몸이 나른했다.

수업 빼먹은 걸 알고 화냈을 때와는 동일 인물로 여겨지지 않을 만큼 엄마는 온화하게 얘기했다.

"으음, 구급차가 공원 안까지 들어왔어?"

"글쎄, 어땠을까. 내가 병원에 왔을 때는 구급차는 이미 돌아갔고, 네가 의식을 잃은 현장은 못 봤으니까."

그건 그렇다.

"차가 들어갔으면, 공원 잔디가 망가졌을 것 같아서."

온통 초록빛인 머릿속의 공원 그림에 바퀴 자국을 그려 넣어보았다. 노란색일까 검정색일까, 색을 정할 수가 없었다.

"너다운 걱정이구나. 네가 너답다는 건 좋은 징조야."

엄마의 이 자연스러움은 뭐지? 손목을 그은 이유를 왜 안 물어보지?

고개를 움직여 주위를 둘러보았다.

베갯머리에 화구를 넣어뒀던 천 가방이 접힌 채로 놓여 있었다. 누군가가 물감을 주워줬는지, 아크릴 케이스 위아래 칸에 물감 튜브가 흐트러져 있었다. 메마른 잔디가 섞여 있었다. 피범벅이 됐을 팔레트는 보이지 않았다. 물론 그림도 없다. 커터칼도.

그림을 볼 용기는 없었다. 내가 저지른 짓이긴 하지만, 힘차게 뿜어져 나오는 피를 본 충격은 상당히 컸다.

죽고 싶었던 건 아니야.

분명 걱정하고 있을 테니, 엄마에게 말하는 게 좋다고 생각했다. 그럼 왜 손목을 그었는가. 그 이유를 말해야만 한다.

빨간 물감이 없어서 내 피를 쓰려고 했다. 그런 말을 하면 믿어줄 것 같지는 않았다.

반대로 괴롭힘이 힘들어서 자살하려고 했다고 거짓말을 하면, 틀림없이 누구나 다 믿어주겠지.

진실은 거짓말 같고, 흔하디흔한 거짓말에는 신빙성이 있다.

물감 대신 빨간 피를 칠해보려는 인간은 많지 않다. 그건 나도 안다. 그렇지만 현실적으로 여기에 한 사람, 그러려고 시도했던 인간이 존재한다. 적을지는 몰라도 분명 버젓이 있는 것이다.

한숨을 내쉬었다.

사람들은 자못 있을 법한 이야기를 원한다. 어디선가 한 번쯤 들은 적이 있는 이야기를 매우 좋아한다. 자기가 납득할 수 있는 말로 설명을 해주는 것만이 대부분의 사람에게는 진실인 것이다.

자주 일어나는 일만 진실이고, 좀처럼 일어나지 않는 것은 부자연스럽다, 거짓말일 거라고 받아들인다.

실제로는 어떤 일이든 일어난다.

1만 년에 한 번 터지는 화산 분화도, 100년에 한 번 오는 쓰나미도 있다. 주사위를 던져서 '1'이 연속으로 열 번 나오는 경우도 있다. 그것이 현실 세계다.

"왜 그러니? 호흡이 거칠어졌어."

멍하니 천장을 보고 있는데, 엄마가 얼굴을 들여다봤다.

"아니, 별거 아냐. 잠깐 생각 좀 했어."

뭐든 이유가 될 만한 말을 해두자.

"아직 많이 놀랐나 봐."

"많이 놀란 건 이쪽이지. 참 나."

엄마의 말은 여전히 부드러웠다. 마음속으로 미안하다고 말했다.

"저기, 왜 손목을 그었냐고 안 물어봐?"

"안 물어도 언젠가 네 입으로 말해줄 거잖아."

"그건 또 뭐야. 열 받게."

"그렇게 바로 얘기 안 해도 돼."

"그런 여유가 오히려 더 열 받거든."

"그야 내가 너보다 훨씬 오래 살았잖니."

"근데 시게야마 선생한테 불려갔을 때는 엄청 화냈잖아."

"선생님 앞이잖니, 화를 안 내면 기강이 안 서지. 수업을 빼져도 딱히 상관없다는 말은 차마 못하니까."

"그건 또 뭐야."

온화한 표정을 짓고 있었다. 내가 절박한 상태일 때, 엄마는 늘 이런 표정으로 나를 바라봤다. 열이 나는 나에게 사과 주스를 짜다 줄 때의 얼굴.

"손목을 그은 이유를 말해도 엄마는 보나마나 안 믿을 걸."

"말을 안 하면, 믿을지 안 믿을지 모르지."

"짜증 나."

"그럼, 말 안 해도 돼."

입을 다물었다. 나도 엄마도.

내게는 결심할 시간이 조금 필요했고, 엄마는 '자, 얘기해 봐'라고 재촉하기 위한 시간을 벌어두는 것 같았다.

"피 색깔이 필요했어."

엄마는 아무 말 없이 병실 밖을 내다보고 있었다.

침대에서는 하늘밖에 안 보였다.

파란 하늘을 배경으로 둔 옅은 구름에 해가 저물며 오렌지색을 머금은 태양 빛이 내리쬐고 있었다.

"초록색으로만 숲 그림을 그렸어. 그런데 갑자기 거기에 빨간색을 넣고 싶어졌지. 그런데 빨간 물감이 다 떨어지고 없는 거야. 어떻게든 빨리 빨간색을 갖고 싶어서, 빨간색이 없으면 직성이 풀리질 않아서…… 그래서 최대한 빨리 얻을 수 있으니까 피를."

"최대한 빨리 얻을 수 있어서……."

"기뵤, 어이없시? 그런 바보짓이 어딨느냐 싶지? 하지만 진짜야, 팔레트에 아주 조금만 떨어뜨리면 됐는데, 어느 정도 강도면 되는지 몰랐을 뿐이야. 난 정말로 죽고 싶단 생각은 한 번도 한 적 없어."

"그렇다면, 어이없네."

엄마는 내 침대 쪽을 돌아보았다. 내 얼굴과 붕대를 감은 손을 쳐다보고, 주사대로 시선을 옮겼다. 주사액이 들어 있는 봉지 바로 밑에서 투명한 액체가 시간을 재는 모래시계처럼 방울방울 떨어졌다.

"엄마는 네 말을 믿어."

"그런데 어이없다고 했잖아."

"믿으니까 어이없지. 피가 담긴 팔레트도 봤고, 네 그림도 봤어. 앞뒤 계산 없이 오로지 그림 생각밖에 못하는 네가 어이없다는 거야."

엄마가 고개를 살짝 기울이며 어깨를 실룩 움츠려서 나도 똑같이 하려고 했지만, 베개가 걸려서 잘 되지 않았다.

"넌 어릴 때부터 늘 그랬어. 자기가 하고 싶으면 바로 해버리지. 앞일은 별로 생각 안 해. 현실과 공상의 세계가 구별이 안 되지. 그리고 현실과 구별이 안 갈 정도로 치밀하게 사실적으로 공상해. 본 적도 없는 걸 묘하게 정확하게 그리기도 하고."

그랬나? 분명 그런 자각은 있었다.

"남들은 눈치 못 채는 섬세한 기미를 알아채는가 하면, 누구나 다 알 만한 걸 놓치기도 하지."

"곤란한 인격이네."

"부모로서 걱정은 돼. 하지만 어쩌면 그림을 그리는 사람으로서는 굉장히 좋을지도 모르지."

모자가정母子家庭이라 생활하기도 만만치 않을 텐데, 미대 입시를 허락해준 엄마에게는 고개를 들 수가 없다.

"어머, 사가노 학생, 여기서 봐도 얼굴색이 아주 많이 좋아졌네요."

간호사가 들어왔다.

"손목 좀 보여주세요. 미안해요."

손목의 상처에는 네모난 패치 같은 게 붙어 있었다. 안쪽에 피가 배어 있었다. 검은색을 따로 섞지 않았어도 칙칙한 색이 되어 있었다.

"아야."

위에서 눌려서 무심고 소리를 지르고 말았다.

엄마는 반창고 얼룩과 내 얼굴을 번갈아보며 납득이 된 듯한 표정을 지었다.

구급차에 실려 온 후, 결국 이틀 밤이나 병원에서 보냈다.

상처는 시간 단위로 일방적으로 좋아지는 느낌이었다.

그에 반해 마음은 건강해지지 않았다. 병원에서 2박 3일을 지냈다는 것만으로도 심리적으로는 완전히 '병에서 막 회복된 기분'이었다. 소독 알코올 냄새와 짐승 냄새, 옅은 배설물 냄새가 섞여 있는 듯한 공기를 마신 탓일까. 입원 환자나 병문안을 오는 가족들의 고통스럽고 언짢은 얼굴을 몇 번이나 스쳐 지난 탓일까. 어느새 그 층에 있는 '병자' 측에 합류되어 버려서 어떻게 원래 세계로 돌아가야 할지 알 수가 없었다.

쓸데없이 학생수첩을 갖고 다녔던 탓에 손목을 그어 구급차로 병원에 옮겨진 사실이 학교까지 알려지고 말았다. 구급차에서 집보다 먼저 학교로 연락했기 때문이다.

담임인 시게야마가 찾아온 것은 내가 아직 의식이 없었을 때라 침대에 누워 있는 모습을 힐끗 보고 안심한 듯이 돌아갔다고 한다. 어차피 그 사람은 '바로 병원으로 뛰어갔다'는 사실을 만들려고 왔을 뿐이다.

성가신 문제를 해결할 마음도, 그럴 능력도 없다. 그 대신 비판을 피하기 위한 일이면 뭐든지 한다. 고등학생인 우리한테까지 속을 훤히 들켜서 바보 취급을 당한다.

학교에서는 내 결석이 어떻게 전달됐을까. 담임이 설마 내가 손목을 그었다고 반 아이들 모두에게 얘기했을까.

임시 학급회의가 열리고, 내 상황이 사건으로 보고되고, 두 번 다시 이런 일이 일어나지 않으려면 어떻게 해야 할지 의논이라도 하는 건 아닐까.

'갑자기 몸이 안 좋아져서 집에 가서 바로 잠들어버렸어요. 이젠 좋아져서 나왔어요. 지금은 괜찮아요.'

나는 그런 분위기로 다시 학교에 가고 싶다.

아니, 그보다 어떤 표정으로 교실에 들어가야 할지 알 수가 없었다.

집으로 돌아와 하루 종일 끙끙대며 고민했다.

"쉬면 쉴수록 학교 가기가 더 어색해져. 넌 학교를 자주 빠져서 다들 별로 신경 안 쓸 거야."

엄마 말이 맞는 것 같기도 하고, 아닌 것 같기도 했다.

손목에는 여전히 반창고가 붙어 있었다. 피부색과는 많이 다르지만, 하얀 붕대보다는 훨씬 눈에 널 띈다.

"일단 긴 소매가 낫겠지."

상처 부위를 쳐다보고 있는 걸 알아채고 엄마가 말했다.

"남자용 회색 파카 있었지. 그걸 헐렁헐렁하게 입으면 되겠네. 소매가 길어서 가려질 거야."

사복을 입을 수 있는 공립학교라 천만다행이다. 옷이 결정되자 그것만으로도 학교에 갈 수 있을 것 같은 기분이 들었다.

집에서 사흘을 지내고, 마침내 학교에 갈 결심이 섰다.

첫날은 수업이 시작되기 직전에야 간신히 교실로 들어
갔다.

시작 종소리와 거의 동시에 뒷문으로 들어가서 살며시 자
리에 앉았다.

다행히 1교시인 영어 선생님이 바로 들어와서 수업이 시
작되었다.

반 아이들의 뒷모습은 평소와 다름없었고, 내 뒷모습도 그
랬다.

수업이 끝나도 아무도 말을 걸지 않았다. 그것도 평소와
마찬가지였다.

"사가노, 파카 예쁘다."

3교시가 끝났을 즈음, 그런 말을 들었을 때는 화들짝 놀라
서 오른손으로 왼쪽 소매를 아래로 잡아당겼다.

"그거 어디서 샀어?"

"기억 안 나. 오래된 옷이야."

다행이야. 아무 일 아니야. 다행이야. 입 밖으로 내지 않고
속으로 '다행이야'라는 말만 되풀이했다.

점심시간이 되자 평소와 다름없이 교실 공기가 부드러워
졌다. 고작 며칠뿐인데, 귀에 익은 방송부의 서툰 DJ 목소리

가 반갑게 느껴졌다. 아무도 방송을 안 듣는 것도 평소와 똑같았다.

서둘러 도시락을 먹고, 계단참으로 갔다. 늘 찾는 정해진 위치다.

잠시 후 비가 내리기 시작해서 운동장에는 아무도 없었다. 그런데도 계단참 창으로 밖을 내다보며 원래 자리로 돌아왔다는 기분을 음미했다.

오후 수업 시작 5분 전에 예비종이 울렸다.

교실이 있는 3층으로 계단을 올라가려는 순간, 위에 서 있던 남학생과 눈이 마주쳤다.

도미타였다.

도미타가 혼자 거기에 서 있었다. 내가 계단참에서 위를 올려다본 순간 눈이 마주쳤는데, 갑자기 몸을 홱 틀며 사라졌다.

기분 탓일까. 아마도.

도미타는 늘 친구들 여럿과 교실 한구석에서 큰 소리로 떠들며 무리 지어 있다. 혼자 있는 모습은 거의 본 적이 없다. 아무리 그래도 점심시간에 혼자 계단을 오르내리는 정도야 있을 수 있겠지.

그런데 어딘지 모르게 평소와 달랐다.

5교시가 끝났을 때, 신경이 쓰여서 두 줄 떨어진 자리에 앉아 있는 도미타를 쳐다보았다. 그때도 또다시 눈이 마주쳤다.

도미타는 키가 크고, 늘 부루퉁한 분위기고, 굳이 표현하자면 뻔뻔스러운 태도를 취하는데, 계단 위에서도 지금 이 교실에서도 눈이 마주친 순간, 어딘지 모르게 겁을 먹고 작아진 것처럼 보였다. 평소보다 턱을 안쪽으로 당기고 있는지 아래를 내려다보는 듯했고, 그런 각도에서 올려다보는 듯한 시선으로 이쪽을 바라보았다.

그런데 지금 친구들 무리에 섞여 얘기하는 도미타는 평상시의 도미타 히로미치로 보인다.

대체 뭐가 다른 걸까.

확인하고 싶어서 나는 교실 뒤쪽 책상 위에 걸터앉아 친구들과 잡담을 나누며 허세를 부리듯 옆 책상에 한쪽 다리를 얹은 도미타를 한참 동안 바라보았다.

시선에는 무슨 빔 같은 힘이나 압력 같은 게 전해지는 걸까.

한동안 도미타에게서 눈을 떼지 않고 바라보자 무슨 얘기를 하고 있었는데 분명 그 얘기 도중으로 여겨지는 시점에서 도미타가 갑자기 이쪽을 쳐다봤다.

눈이 마주쳤다.

그는 이번에도 몹시 놀란 표정을 보이며 바로 얼굴을 돌렸다.

역시. 도미타는 내가 손목을 그은 사실을 알고 있다.

다음 날, 도미타는 학교에 오지 않았다.

불길한 예감에 가슴이 술렁거렸다.

"도미타, 왜 안 왔어?"

항상 그 애랑 함께 있는 무리로 다가가서 리더 격인 다케베라는 남학생에게 물어보았다.

"어? 머리 아프대. 라인으로 연락 왔어."

"그래."

엇, 사가노 네가 왜 도미타를 물어봐? 혹시 좋아하냐? 어, 그런 거야? 아하하. 하하하.

호들갑을 떨며 놀려댔지만, 내가 전혀 상대하지 않고 등을 돌리며 그 자리를 뜨자 금방 시들해졌다.

아파서 결석했다. 정말 그럴까?

마음속으로는 '아니'라고 생각했다.

그 무리의 다른 애들은 나의 상처를 모르는 것 같았다.

다음 날도 도미타는 등교하지 않았다. 덥지도 춥지도 않아서 감기에 걸릴 만한 계절은 아니었다.

방과 후, 교무실로 담임 시게야마를 찾아갔다.

"어어, 사가노구나. 이젠 괜찮니?"

"네. 아직은 누르면 꽤 아프지만."

진심으로 걱정한다면 등교 첫날인 그저께, 자기가 먼저 물었어야지.

"그야 그럴 테지. 구급차로 실려 갈 만한 상처였으니. 상처 잠깐 보여줄래."

이토록 무신경한 인간이 있을까 생각하면서도 파카의 긴 소매를 살짝 걷어 올렸다.

"허어. 요즘은 그런 반창고 같은 걸 붙여두고 상처가 아물 길 기다린다더군. 옛날처럼 거즈를 붙이면 상처에는 오히려 더 안 좋은 모양이야."

시게야마에게는 그것이 새롭고 신선한 지식일 테지.

"도미타, 왜 학교 안 나와요?"

"어어, 도미타 말이지. 이젠 걱정할 거 없어. 그 녀석한테는 잘 말해됐으니까."

역시나. 최악이다.

"더 이상 괴롭히지 마라. 너는 가벼운 장난일지 몰라도 당하는 쪽은 자살까지 생각해. 너도 1학년 때 반에서 괴롭힘을 당해봐서 잘 알잖아. 좀 더 심각하게 받아들여. 그렇게 말해 뒀어."

얼굴에서 불길이 치솟을 것 같았다.

자살이라는 말을 목소리도 안 낮추고 입에 담는 것도 믿을 수가 없었다.

교무실에서 누구 한 사람도 그 말에 반응한 기미가 없었던 게 그나마 불행 중 다행이었다.

"저어⋯⋯."

"왜?"

"난 죽으려고 생각한 적 없어요."

"이해해. 사춘기에는 흔한 일이야. 너무 골똘히 생각하면 안 돼. 알겠니? 이젠 더 이상 심각하게 생각하지 마. 선생님이 너희 모두를 면밀하게 살피고 있고, 만일의 경우에는 꼭 지켜줄 거야. 그러니 고민하면 안 돼."

지켜준다고? 당신이? 어떻게? 당신한테 그게 가능할 리 없어!

주위에 있는 물건을 마구 집어던지고 싶은 분노를 억누르고, 교무실에서 나왔다.

도미타가 학교에 안 나오는 이유도 여전히 밝혀내지 못했다. 시게야마는 분명 도미타가 왜 학교에 안 오는지 확인해 볼 생각조차 없다.

다음 날도 그다음 날도 도미타는 학교에 나오지 않았다.

어떻게 해야 좋을지 알 수가 없었다.

시게야마는 내가 손목을 그은 이유를 도미타가 괴롭힌 탓이라고 확신하고 있다. 최악의 사태는 시게야마 혼자만 확신한 데서 그치지 않고, 도미타에게 직접 그 말을 전했다는 것이다.

어떤 인간이든 자기 때문에 누군가가 자살하려고 했다는 걸 안다면 아무렇지 않을 순 없겠지. 완전히 잘못된 정보인데도 도미타는 그것을 모른다.

내가 학교에 복귀하자마자 그 애가 학교에 나오지 않게 되었다. 아무에게도 상의하지 못하고 혼자 자기 자신만 책망하고 있을지도 모른다.

정말 그런 거 아니거든.

등을 구부정하게 숙이고 겁을 먹은 듯한, 그 애답지 않은 모습. 내 표정을 살피는 것 같은 힘없는 눈빛.

너 때문이 아니야. 애당초 난 죽으려고 했던 게 아니야. 그림을 그리려고 했을 뿐이야. 내가 좀 바보라서 예상보다 피가 많이 나왔을 뿐이라고. 진짜 바보지. 조금이 아니야. 엄청 바보지. 손목 혈관이 있는 자리에 별생각 없이 커터칼을 긋고 말았어. 내 이미지로는 칼로 그으면 지그시 배어나면서 똑똑 떨어질 줄 알았어. 팔레트 한 칸을 메울 1밀리리터도 안 되는 빨간 액체가 필요했을 뿐인데, 별안간 뿜어져 나온 피에 도화지 대부분이 덮이고, 팔레트 전체에 피 웅덩이가 생길 정도였지. 구급대원이 조금만 늦게 도착해서 지혈이 늦어졌으면, 수혈이 필요할 정도로 쓸데없이 많은 피를 흘리고 말았어.

어쩌자고 혈액으로 칠해볼 생각을 했을까. 그렇지만 그때는 왠지 자연스럽게 그런 생각이 들었지.

도미타는 관계없다. 내가 바보였을 뿐, 도미타는 잘못이 없다. 도미타는 왠지 싫은 녀석이지만, 오해로 인해 고민에 빠져서 학교를 빠지는 일이 생겨선 안 된다.

계속 똑같은 생각이 몇 번이고 되풀이되며 머릿속을 헤집었다. 그 어디에도 출구가 없었다.

각오를 다지고 다시 한 번 남자애들 무리로 물어보러 갔다.

"도미타, 어디 몸이라도 안 좋니?"

"나도 몰라. 지금은 그냥 쉬겠다고 했을 뿐이야. 학교에 오고 싶지 않은 무슨 이유가 있겠지."

다케베가 골반바지 주머니에 손을 찔러 넣은 채 말했다.

"무슨 이유라니, 짚이는 건 없고?"

"흠, 글쎄. 여러 가지로 힘든 나이잖아. 안 그래? 사춘기니까."

담임인 시게야마가 '사춘기'라는 낯간지러운 말을 몹시 쓰고 싶어 해서, 반에서는 이해할 수 없는 행동에 대해 툭하면 '사춘기니까'라는 말을 붙이는 게 유행이었다.

"도미타한테 라인으로 알려줬어. 사가노가 널 신경 쓴다고."

"뭐야 그게. 싫다."

"그 뒤로는 라인도 거의 안 하던데. 어쩌면 도미타도 마냥 싫지만은 않을지 모르지."

천박한 눈길로 이쪽을 쳐다보았다.

"멍청이."

가볍게 쏘아붙이고 그 자리를 떠났다. 동요한 걸 들키면 안 된다.

교실에서 도망쳐 나와 공원으로 향했다.

입구로 들어서자 다리가 무거워졌다. 딱히 그림을 그리고 싶지도 않은데, 그런데도 발길은 늘 가던 곳으로 향했다. 이따금 한차례 불어닥친 바람이 소리를 내며 나무숲을 빠져나갔다.

여기다. 이 장소다. 완만한 경사면 중간에 아주 살짝 파인 곳이 본래 위치였다. 아무것도 변하지 않았다. 하늘이 있고, 숲이 있고, 바람 소리가 늘리고, 식물 냄새가 났다.

'도미타, 네가 사가노 히토미를 괴롭힌 건 알고 있어.'

머릿속에서 시게야마의 목소리가 들렸다.

근처 공원에서 손목을 그은 동급생을 네가 괴롭혔다는 말을 선생에게 들은 남학생은 그 순간 무슨 생각을 했을까.

'난 아무 짓도 안 했어요.'

'사가노의 실내화를 감춘 적 있잖아.'

네가 괴롭혀서 사가노 히토미가 죽을 뻔했어. 손목을 긋는 지경까지 내몰렸다고. 그런 비난을 받았다고 생각하고 있을까. 그것이 무고한 죄인 것도 모른 채, 그는 자기 자신만 책망하고 있을까.

문득 숲 냄새 속에 피 냄새가 섞여 있는 듯한 기분이 들었다.

바닥에 무릎을 꿇고 양손을 짚고, 얼굴을 가까이 대며 흙 냄새를 맡았다. 축축한 풀 냄새가 날 뿐이었다. 내가 흘린 피의 흔적은 어디서도 찾아볼 수가 없었다. 나쁜 악몽을 꿨을 뿐이다. 그렇게 생각해보지만, 손목에는 분명하게 생생한 상처가 있다.

손목에 상처가 난 시체가 인기척 없는 어느 해안의 바위로 떠밀려온 광경이 머릿속에 떠올랐다. 바닷물에 희멀겋게 부푼 남자. 그다음에는 어느 깊은 산속에서 멧돼지나 곰이 복부를 마구잡이로 헤쳐놓은, 손목에 똑같은 상처가 있는 시체.

아주 작은 실마리로부터 치밀하고 선명한 광경을 머릿속에 그려내는 훈련을 지나치게 많이 한 탓이다.

공부도 그림도 도무지 손에 잡히지 않았다. 뭘 해도 도미타가 너무 신경 쓰였다.

사실은 독감에 걸려서 기침이 안 멈추거나 하는 게 진상일 테고, 내일이라도 아무렇지 않은 얼굴로 교실에 나타날지 모른다는 생각도 해봤다.

매일 아침, 오늘이야말로 도미타가 평소처럼 자리에 앉아 있을 거라고 기대하며 교실로 발을 들여놓았다. 그러나 도미타의 자리는 여전히 비어 있어서 2교시·3교시·4교시, 쉬는 시간이 끝날 때마다 기대했다 또다시 낙담하곤 했다.

날이 갈수록 마음은 출구를 잃었고, 가슴속 깊은 곳에서 암담하게 똑같은 질문과 똑같은 대답을 반복했다.

다케베에게 다시 말을 걸어 도미타한테 연락이 왔다는 걸 확인했을 때는 온몸에서 힘이 쭉 빠질 정도로 안심했다. 아직 살아 있다. 나를 괴롭힌 주범 격인데도 지금은 다케베의 정보에 의지할 수밖에 없다.

"학교에 안 오는 이유도 안 써. 네 얘기를 메시지로 보내도 아무 대꾸가 없어."

그렇다. 오히려 긁어 부스럼을 만든 셈이다.

도미타가 자기 괴롭힘 때문에 내가 손목을 그었다고 믿고 있다면, 학교에서 내가 자기에 관해 묻고 다니는 걸 알면, 점점 더 학교에 나오기 어렵다.

담임인 시게야마도, 남학생 패거리의 다케베도 괜한 짓을 해서 사태만 더 복잡하게 꼬아버렸다.

나는 어떻게 해야 할까. 뭘 해도 사태가 호전될 것 같지 않았다.

"사가노, 그렇게 신경 쓰이면 네가 직접 집에 가보든가."

다케베가 거의 반강제로 도미타의 집 주소를 쓴 종이를 떠넘겼다. 다케베 패거리도 걱정하기 시작했다.

도미타의 집은 K역 근처였다.

K역은 우리 집에서 제일 가까운 역과 같은 노선이고, 내가 타는 M역에서는 두 번째 정차역이다. 학교와 조금 더 가깝다.

집에 돌아가는 길에 들를 수 있다.

그렇지만 그날은 들르지 않았다. 들를 수가 없었다.

다음 날 아침, M역에서 전철을 탔는데, 잠시 후 열차가 멈췄다.

―K역에서 발생한 인사사고로 이 열차는 한동안 운행을 중지합니다.

인사사고가 발생해…….

인사사고가 발생해서.

입 안에서 쇠 맛이 났다. 공원에서 피를 흘렸을 때의 냄새를 떠올렸다. 필사적으로 침을 짜내 입 안의 모든 걸 한꺼번에 삼켜버리려 했지만, 입 안은 오히려 더 바짝 말랐고, 옥죄인 잇몸에서 피가 나는 느낌마저 들었다.

설마 아니겠지.

아니지. 아니지, 도미타?

비명이 터져 나올 것 같았다.

눈앞의 도화지 위로 피가 번지며 하얀 곳도, 초록으로 칠한 곳도 순식간에 덮여버렸던 광경이 떠올랐다.

뜨뜻미지근한 액체가 손목을 타고 흘러내리는 감촉.

손잡이를 쥔 손을 올려다보니, 소맷자락 사이로 손목 상처가 엿보였다. 심장 고동 소리가 관자놀이까지 울려 퍼졌다. 위액이 역류해서 솟구쳐 나올 것 같았다. 현기증이 나서 금방이라도 쓰러질 것 같은데, 손잡이를 움켜쥐고 죽어라 버텼다.

잠시 후 안내방송이 나오고, 덜컹 하는 작은 충격과 동시에 전철이 다시 움직이기 시작했다. 다행이다. 큰 사고는 아니었던 모양이다.

K역에 정차해서 다시 출발할 때까지 줄곧 눈을 질끈 감은 채로 도저히 뜰 수가 없었다.

열차 지연 때문에 역에서 학교까지 뛰어가야 했다.

수업 시작 2분 전에야 교실로 뛰어 들어갔고, 거친 숨을 고르자마자 다케베를 붙들고 늘어졌다.

"오늘, 도미타한테 연락 왔니?"

"어어, 5분 전에 막, 오늘도 쉰대."

다행이다.

천천히 크게 숨을 몰아쉬며 심장 박동이 가라앉길 기다렸다.

"그 자식, 학교에는 안 알리면서 나한테는 매일 성실하게 결석계를 보낸단 말이야."

다케베의 목소리가 수업 시작을 알리는 종소리와 겹쳐졌다.

어느새 나는 도미타가 자살할지도 모른다는 걱정에 빠졌다.

분명 그럴 가능성은 있다.

자살할 의도가 없었는데, 자살미수 같은 사건을 일으킨 나와 그것을 자살미수라고 믿고 추호도 의심하지 않는 담임교사가 있다. 거기까지는 분명하다.

그리고 도미타는 그 교사에게 자살미수의 원인이 너라는

말을 들었다. 그것도 알고 있다.

그러나 도미타가 학교에 안 나오는 진짜 이유는 확실하게 모른다.

친하게 지내는 다케베 패거리의 누구에게도 학교에 안 오는 이유를 밝히지 않는 걸 보면, 남에게 말하고 싶지 않은 이유가 있는 것만은 분명하겠지.

등교하지 않는 것이 나 때문이고, 게다가 그것이 오해일지도 모르는 이상, 모든 걸 확실하게 밝히려면 역시 내가 본인을 직접 만나 얘기해야 마땅하다. 그렇게 결심했다.

나 때문에 도미타가 자살하면 어쩌나 걱정이 된다. 어쩌면 도미타는 자기 때문에 내가 자살하려 했다고 믿고 있다.

자기 때문에 한 인간이 자살하는 일이 생긴다면……. 공교롭게도 그런 '가정'을 현실감을 갖고 고민하는 상황에 처하고 말았다.

어쩌면 우리는 서로 비슷하지 않을까.

일요일까지 기다렸다가 지도를 들고 도미타의 집을 찾아가보자. 이유는 잘 모르겠지만, 좋은 결과를 내려면 분주하지 않은 해가 비치는 밝은 시간대가 좋을 것 같았다.

그렇게 결정하자 마음이 많이 안정되고 편안해졌다.

토요일 아침은 역이 한산했다.

직장인들이 적어서 전철 안은 고등학생의 비율이 높다.

"있지, 토요일인데 학교 간다고 생각하면 죽고 싶지 않니? 회사에 다니면 휴일일 텐데."

출입문 옆에 선 사립학교 교복을 입은 여고생들의 대화가 들렸다.

안 돼. 오늘 가야 해. 또다시 불안이 엄습해왔다.

일요일은 늦을지도 모른다. 어렵게 한 결심인데, 왜 늦추려고 하는 걸까.

바로 다음이 K역이었다. 문이 열리길 기다렸다 플랫폼에 내렸다.

7시 25분. 남의 집을 불쑥 방문하기엔 아무래도 너무 이른 시각이다. 최소한 8시가 지날 때까지는 역에서 시간을 보내기로 마음먹었다.

빈 벤치에 앉았다.

양복 차림의 회사원, 화장은 곱게 했지만 졸려 보이는 30대 여성, 운동가방을 든 대학생처럼 보이는 남자, 장인匠人 분위기를 풍기는 중년 남성.

플랫폼으로 사람들이 모였고, 그 사람들은 들어온 전철로 빨려들며 사라졌다. 다음 전철이 올 때까지 플랫폼은 또다시 사람들로 가득 찬다. 몇 분 간격으로 그런 흐름이 반복되었다.

그 광경을 멍하니 바라보고 있었다.

학교 가는 시간대에 역에서 전철을 몇 대나 배웅하는 나.

그렇게 한동안 바라보다가 같은 플랫폼의 맨 앞쪽 벤치에 앉아 있는 사람을 알아챘다.

거리가 꽤 멀어서 남성이라는 것밖에 알 수 없었다.

사람들이 모이면 안 보인다. 열차가 들어오면 시야를 가로막았던 사람들이 다 사라진다. 그런데 단 한 사람, 그 남자는 전철을 타지 않고 줄곧 거기에 앉아 있었다.

나랑 똑같이 플랫폼에서 시간을 보내는 비슷한 인간이 있다. 가까이 가보기로 했다.

혹시…….

다시 다음 전철로 사람들이 빨려들었고, 사람들이 사라진 플랫폼에 오도카니 남겨진 그 사람은 지금부터 만나러 가려하는 도미타가 틀림없었다.

멈춰 섰다. 더 이상은 걸음을 내딛을 수가 없었다.

도미타는 벤치에 앉은 채, 몸을 앞으로 숙이고 무릎에 팔을 얹고 있었다. 뭔가를 망설이는 것처럼 보였다. 왜 저기 있을까. 학교에 갈 시간이다. 그래, 드디어 등교할 마음이 생겨서 역까지 온 것이다. 아직 망설여져서, 그래서 전철을 몇 대나 보내는 것이다.

그런데 가방이 없었다.

―열차가 들어옵니다. 노란 선 밖으로 물러나주십시오.

도미타가 일어섰다.

플랫폼의 사람들이 움직이기 시작해서 그가 보였다 안 보였다 했다. 전철 소리가 들렸다. 사람들이 줄을 서서 들어올 전철을 기다렸다. 그중에서 그의 머리만 움직였다.

"도미타!"

사람들 틈새로 그가 이쪽을 바라보는 모습이 보였다. 움푹 꺼진 눈이 놀란 표정으로 변했다. 그런데도 그는 이동을 멈추지 않았다. 오히려 내 시선을 뿌리치려는 것처럼 보였다.

"안 돼. 멈춰. 아니야. 도미타, 아니야. 멈춰!"

사람들을 마구 헤치며 앞으로 가려고 했다. 몇 번이나 부딪혔다. 앞으로 갈 수가 없었다. 제때에 갈 수가 없었다.

"누가 저 사람 좀 잡아요. 저 사람, 죽으려고 하니까 잡아요!"

마지막 목소리가 갈라졌다.

어디선가 긴급 정지 버튼이 눌리고, 비상벨이 울리기 시작했다.

바퀴가 긁히는 브레이크 소리가 다가왔다.

그의 주위에 있던 사람들이 움직였다. 키가 큰 그의 머리가 인파에 파묻혀 사라졌을 때, 플랫폼으로 빨간 열차가 들어왔다.

울부짖으며 사람들을 헤치고 달려가자 그는 두 남자에게 억눌려 플랫폼에 엎드려 있었다.

"도미타, 아니야. 오해야. 절대 아니야."

내가 사정없이 등을 내리치는데도 도미타 히로미치는 몸을 둥글게 만 채로 말없이 견뎌냈다.

제7화

스크린도어

"아사노 씨, 오셨어."

손님이 아주 잠깐 끊긴 틈에 동료인 사토코 씨가 작은 목소리로 말했다.

항상 7시 20분에 오고, 오늘도 변함없이 신문을 사 가는 손님이다.

그것뿐이다. 별다른 건 없다. 출근길이니 매일 같은 시각인 건 당연하고, 신문을 사려면 매일 오는 것도 당연하다. 그런 사람은 100명도 넘는다.

다만, 아사노 씨는 [아침에 와서 아사노('아사'는 아침이라는 뜻이다 - 옮긴이) 씨라고 내 멋대로 적당히 이름을 붙인 사람인데,

진짜 이름은 모른다] 꾸준히 오랫동안 월요일부터 금요일까지 신문을 팔아준다.

혼잡한 정도에 따라 '고맙습니다'라는 인사를 건네는 날도 있고 건네지 않는 날도 있지만, 그것 말고는 다른 얘기를 나눈 적이 없다.

"20년이나 매일 아침 얼굴을 보면서 한 번도 대화한 적이 없다는 것도 희한하네."

그렇게 말하는 사토코 씨도 물론 잘 안다. 다른 데서는 드물겠지만, 여기에서는 결코 드물지 않다. 예를 들면 몇 년 전부터 담배를 사러 오는 나카노 씨. 그는 플랫폼 끝의 계단으로 올라오는지, 가게 뒤쪽에서 앞으로 돌아들며 불쑥 나타나기 때문에 처음에는 우라카라('뒤에서'라는 뜻이다 - 옮긴이) 씨라고 불렀다. 그런데 나중에 밤에 오는 요노('요'는 밤이라는 뜻이다 - 옮긴이) 씨가 등장한 후로 이름을 일관성 있게 통일하자는 의견이 나와서 낮에 오는 손님이라 나카노 씨라고 바꿔 불렀다. 그 밖에도 멋대로 이름을 붙여놓고, 왔느니 안 왔느니 하며 가끔은 내기까지 걸었다.

우리 일은 그런 일인 것이다.

히로타 기미코, 역 매점 판매원 외길 인생, 25년.

사람들이 물으면 그렇게 대답한다. 아들이 초등학교 2학년이 됐을 때부터 이 일을 계속해왔다.

내가 일하는 매점은 음료수 자동판매기보다 몇 배쯤 클 뿐이다. 그러나 면적 대비 상품 종류는 자동판매기를 압도한다. 잡다한 상품들이 늘어선 작은 '간이매점'은 상품 형태가 너무 많아 기계화되기가 어렵기 때문에 인간이 대신 자동판매원을 맡은 셈이다.

신문, 껌, 담배, 사탕, 주간지, 넥타이, 책, 축의금 봉투, 손수건, 휴지, 맥주, 잔술, 오징어, 우표, 땅콩, 마스크, 비닐우산, 건전지, 작은 곰 인형…….

비좁은 입구를 손님이 몇 명씩 에워싼다. 한 손님에게 거스름돈을 건네면서, 다른 손님에게는 돈을 받는다. 거둬들이는 손으로 밖에서는 안 닿는 곳에 진열된 상품을 집어서 건넨다. 흡사 천수관음 같다.

서툰 로봇 팔이라면, 딱딱하게 꺾인 관절로 어떤 손님에게 훅을 날리고 소송에 걸려서 보나마나 배상금을 몇백만 엔씩이나 물게 되겠지.

정밀하고 안전한 로봇은 가능할지 몰라도 그건 틀림없이

엄청나게 고가일 것이다. 그렇지 않으면, 너무 느릿느릿 움직여서 손님 몇 명은 신문을 사기 위해 전철 한 대는 놓쳐버리겠지.

"붙임성 있고 정중하게 대하기보다는 어쨌든 신속하게 처리할 것. 그것이 가장 중요한 서비스임을 명심해주세요."

맨 처음 연수 때에도, 사토코 씨랑 이 매점에 들어왔을 때도 똑같은 조언을 들었다.

공학과를 졸업하고 정밀기계 회사에서 기술자로 일하는 아들 겐이치에 따르면, 우리 같은 인간 판매원은 현재 기술로 가능한 로봇보다 훨씬 요령이 좋고, 게다가 싸게 치인다고 한다.

"그런 면에서 로봇보다 낫다고 칭찬받아본들 기쁠 건 하나도 없네."

사토코 씨랑 둘이 입을 삐죽거리며 그런 이야기를 나눴다.

오늘 아침 아사노 씨는 이쪽에서 신문값을 받았는데도 여전히 앞에 서 있었다. 평소 같으면 주간지 위에 정확한 금액을 내려놓고 맨 앞줄 신문을 빼간다.

"저어……."

"돈은 정확하게 주셨는데요."

거스름돈을 기다리는 줄 알았다.

"아뇨, 그게…… 내가 오늘로 정년퇴직이라 여기서 신문을 사는 것도 이게 마지막이지 싶습니다."

"……."

오른쪽에서 와서 영양음료를 산 젊은 손님에게 거스름돈을 내주면서 얼굴을 돌리자 아사노 씨가 물끄러미 이쪽을 쳐다보고 있었다.

"그러시군요."

일단 등을 돌리고, 뒤쪽 선반에서 부의금 봉투를 꺼내 다른 손님에게 건넸다.

"손님 응대는 내가 할게."

앞으로 돌아선 순간, 사토코 씨가 귓가에 대고 그렇게 말하는 바람에 하는 수 없이 옆의 작은 문을 지나 밖으로 나갔다.

"오랫동안 매일같이 구입해주셔서 정말 감사했습니다."

고개를 숙이자 아사노 씨도 허리를 굽히며 인사했다. 검은 구두는 오래 신어 낡았지만, 말끔하게 손질되어 있었다. 그러고 보니 평소에는 손님의 허리 아래쪽을 볼 기회가 없다.

"앞으로도 모쪼록 건강하세요."

밖으로 나가긴 했지만, 무슨 말을 해야 좋을지 몰랐다.

"죄송합니다. 한창 바쁘신 와중에. 그럼, 이만 실례하겠습니다. 정말 죄송합니다."

아사노 씨는 매우 미안해하는 기색으로 몇 번이나 고개를 숙인 후, 때마침 플랫폼으로 들어온 전철을 탈 사람들 줄을 향해 걸어가기 시작했다. 방금 산 신문을 손에 들긴 했지만, 이 시간대에 차 안에서 읽기는 힘들 것이다. 회사에 가서 읽겠지.

플랫폼으로 전철이 들어오는 소리를 등 뒤로 들으며, 흐트러진 신문 가판대를 정돈하고 매점 안으로 들어갔다.

"아는 사람이었어?"

"설마. 전혀 모르는 사람이야."

"일부러 오늘이 마지막이라고 전하러 오다니, 기미코 씨한테 계속 관심이 있어서 신문 사러 온 거였네."

"말도 안 돼."

"이거, 구석에 두면 안 되겠어."

오늘은 마들렌이 많이 팔렸다.

"20년이 넘도록 월요일부터 금요일까지 매일 왔잖아. 안 오는 날에는 걱정도 했고."

매실장아찌와 마스크가 팔렸다.

"그래. 그러긴 했지. '감기라도 걸렸나' 하면서. 사흘 연달아 안 오면 '어디로 전근 갔나?'라고도 했고. 그런데 그런 망상을 하는 것도 일을 즐기는 방법이라고 가르쳐준 사람이 바로 사토코 씨잖아."

그런 사토코 씨와 함께 가게를 볼 날도 얼마 남지 않았다.

사토코 씨랑 화제로 삼은 사람은 아사노 씨뿐이지만, 그와 마찬가지로 나카노 씨도 요노 씨도 이쪽에서 멋대로 인물 설정을 해놓았고, 꽤 오래전부터 이들 세 사람을 시간대별로 악센트로 삼으며 일했다.

오전 9시가 지나고, 이따금 손님 발길이 끊기게 되었다.

사토코 씨가 재고를 점검하기 시작했다.

그녀는 팀의 리더로 러시아워인 9시 반까지만 도우미 역할을 해준다. 이 가게는 보통 매점보다 조금 넓어서 점원 두 명이 간신히 들어올 수 있다. 그래서 아침 피크 시간을 원활하게 회전시키기 위해 도우미가 거들게 된 것이다.

역 매점은 속도가 생명이다. 사고 싶어도 다음 전철이 와 버리면 포기하는 사람이 많다. 열차와 열차 사이의 짧은 시간 안에 얼마나 많은 손님을 처리하느냐로 매출이 결정된다.

슈퍼바이저이기도 한 사토코 씨는 러시아워가 끝나면, 재고를 확인하고 추가 주문 전표도 써준다.

11시가 되면, 다른 사람이 와서 일단 교대한다.

매점은 기본적으로 1인 근무다. 다만, 그러면 휴식을 취할 수 없어서 대략 두 시간에 한 번, 매장이 고정되지 않은 '프리'라고 불리는 판매원이 오고, 그 사람에게 가게를 맡기는 20분간 화장실 휴식을 갖는다. 식사를 해야 하는 한 시간 점심시간에도 프리가 온다. 매점마다 조금씩 다른 열한 시간에서 열네 시간인 영업시간 동안, 그렇게 서너 명이 돌아다니는 구조다.

거의 대부분 계약직이지만, 여덟 시간 일하는 풀타임, 세 시간 또는 네 시간 일하는 쇼트타임이 있고, 노선 안의 매점을 블록으로 나눠 리더 한 사람이 총괄하는 팀으로 운영한다. 정규직인 리더 사토코 씨는 표준 교대 근무는 없고, 프리로만 담당한다. 쉬는 사람의 자리를 메워주거나 이 역처럼 바쁜 짧은 시간에만 지원하기도 하면서 매출 집계나 수주 및 발주를 총괄해서 꾸려나간다.

역 매점의 판매원이 된 후로 계속 이 매장의 오전 시간을 담당했다.

이 일의 핵심은 몇 종류나 되는 주간지, 신문, 건전지부터 우산까지 매점에 있는 모든 물건의 가격을 외워야만 한다. 일일이 표를 보며 가격을 확인한다면, 손님을 빠르게 응대할 수 없다. 길어야 8초, 짧을 때는 1~2초에 물건을 파는 일이다. 대부분의 시간은 담당 영역에 자기 혼자뿐이다. 문제가 생기거나 모르는 게 있어도 아무도 도와주지 않는다. 전부 스스로 해결해야 한다. 한 사람 한 사람이 일국의 왕이자 점장 같은 존재다. 간단한 일처럼 보여도 아무나 바로 할 수 있는 일은 아니다.

매점 안에 두 사람이 들어갈 수 있는 매장은 이곳을 빼면 노선 전체에 두 군데뿐인데, 우연히 이 역의 이 매장이 연수 첫날 배정받은 장소였다.

운명이라고 생각한다.

애당초 나는 이 역에서 일하고 싶어서 매점 판매원 구인 모집에 응모했기 때문이다.

이곳에서 연수를 받은 것은 리더와 둘이 들어갈 수 있는 큰 매장이라는 이유뿐이었지만, 그런데도 그 당시의 나는 환희에 찼다.

다른 사람이 들으면 이상하다고 하겠지.

25년 전의 어느 날, 전철을 타고 가다 목이 아파서 퍼뜩 떠오르는 대로 목사탕과 마스크를 샀다. 그것이 바로 이 가게였다.

저녁때부터 목에 뭐가 걸린 느낌이었다. 감기에 걸릴 것 같은 안 좋은 예감. 만원 전철 안에서 몇 번이나 침을 삼키는데, 차 안에 목사탕 광고가 보였다. 그것을 보자 목의 위화감에서 빨리 해방되고 싶었다. 역에서 내리는데 우연하게도 매점 앞에서 문이 열렸고, 차 안의 포스터와 똑같은 새빨간 포장이 눈으로 날아든 것이다.

그때 플랫폼 매점에서 물건을 사는 첫 체험을 했다.

신문이나 주간지를 역에서 사는 습관은 없었고, 껌은 물론 담배도 사지 않는다. 나의 라이프 스타일에서는, 그곳에서 파는 물건들은 평소 같으면 편의점에서 사는 물건들이었다. 역 매점에서 사는 건 상상조차 안 해봤다. 매장의 존재조차 의식하지 않았다. 발상 영역에 전혀 없었는데, 그때 마침 차 안에서 본 '목사탕'이 눈앞에 나타난 것이다.

잠복하며 기다리다 목사탕을 체포하기라도 한 기분으로 매점 앞에 섰다.

"저어, 그 목사탕 주세요."

그냥 손가락으로 선반을 가리켰다. 물건을 사는 방식을 몰랐다. 촌뜨기 같은, 왠지 모를 어웨이 느낌.

"100엔."

무뚝뚝한 대답이 돌아왔다. 다행이다. 이제 살 수 있다.

내가 주머니에서 100엔짜리 동전을 꺼내 점원에게 건네는 동안, 뒤에 온 남자 두 명이 각자 주간지와 담배를 사서 먼저 떠났다. 평범하게 물건을 사려 했는데, 내 행동이 몹시 굼뜨게 느껴졌다.

조금 떨어진 곳에서 봉지를 뜯고 목사탕을 입에 넣었다. 긴장한 탓인지 입 안이 바짝 말라서 사탕이 점막에 걸리는 느낌이었다.

생각난 것을 생각이 떠오른 순간 바로 살 수 있다니, 이 얼마나 멋진 일인가.

입 안에서 사탕을 굴리며 개찰구를 향해 걸음을 내디뎠을 때, 매점 옆에 붙은 작은 포스터를 발견했다.

'판매원 모집, 계약직.'

아아, 이거야. 마침 잘됐다고 생각했다.

역시 이 역의 매점에서 나를 판매원으로 불렀다는 생각이 들었다.

　대학의 오후 수업을 빠지고, 병원에 간 날이었다.

　누군가가 뒤에서 내 어깨를 밀었다는 생각이 든 순간에는 이미 몸이 허공으로 떠오른 상태였다.

　떨어진다. 그런 생각이 들었을 때는 어디로 떨어지면 좋을지 장소를 정해야 한다는 고민이 시작되었다. 팔과 다리는 허공을 휘저었고, 이미 낙하지점을 선택할 수 없는데도 내 눈은 가능하면 아프지 않는, 부드러운 자리는 없는지 찾아 헤매고 있었다.

　순간적인 그런 생각은 아무 의미가 없었다. 2초 후에는 가장 아프게 떨어져서 선로 두 줄 사이에 웅크리고 말았다.

　정강이를 선로에 호되게 부딪혀서 포석 위에 있었다.

　커다란 도랑에 빠져버린 것 같았다. 눈앞의 경치가 완전히 바뀌었다. 하늘은 가늘고 길게 도려내진 상태였다. 시궁창에서 밖을 올려다보는 쥐가 바라보는 하늘은 틀림없이 이럴 테지. 그 하늘에 전력을 공급하는 전선이 보였다.

　무릎 아래쪽이 마비되어 다리는 꿈쩍도 하지 않았다. 몸을 조금이라도 옆으로 옮겨보려고 애를 썼지만, 힘이 전혀 들어가지 않았다.

엉덩이 밑에서 선로가 흔들렸다.

내가 있는 곳은 철도의 선로 위였고, 그 선로의 어딘가에서 열차가 그 선을 타고 이쪽을 향해 달려오는 것이다.

덜컹덜컹 하는 진동이 커져갔다.

조금 떨어진 곳에서 비상벨이 울리기 시작했다.

"전철이 들어온다!"

"빨리 올라와!"

낯선 사람들의 목소리가 들렸다. 내게 한 말이 틀림없지만, 도무지 움직일 수가 없었다. 아파서 움직일 수 없는 건지, 다리가 얼어붙어서 안 움직이는 건지, 어쨌든 꼼짝도 할 수가 없었다.

"안 올라와도 돼. 플랫폼 밑으로 도망쳐."

플랫폼 밑으로?

그제야 간신히 사태를 파악했다. 내가 플랫폼에서 선로로 떨어진 것이다. 그리고 아마 열차가 곧 들어올 것이다. 몇 초 후인지, 몇 분 후인지는 알 수 없다.

움푹 파인 곳에 '긴급 대피소'라고 적힌 장소가 보였다. 그곳으로 도망치면 되는가 보다. 거리는 대략 3미터.

그 3미터가 무한히 멀어 보였다.

"일어나, 빨리 일어나!"

누군가의 목소리가 들렸다.

상황은 파악했다. 그러나 도무지 다리를 움직일 수 없었다.

목표 지점인 대피소를 향해 상반신을 살짝 비틀고 손을 움직여봤지만, 그 손은 공허하게 허공만 휘저었다.

이윽고 선로 진동이 거세졌다.

브레이크 소리일까, 금속끼리 마찰하는 소리가 주위에 가득 찼다.

선로뿐이 아니라, 포석도 흔들렸다.

여기서 죽는구나. 그런 생각이 들었다.

피자를 자르는, 회전하는 칼이 달린 그 도구처럼, 차바퀴가 내 위를 통과해가는 이미지에 얼굴이 일그러졌다.

굉음이 육박해왔다.

"움직이지 마!"

그 소리는 뒤에서 들려온 것 같았다.

순간, 뭔가가 나를 덮쳤고 시야가 가로막혔다.

낮은 진동과 쇳소리, 그리고 여전히 울리는 경적에 비상벨 소리가 겹쳐지며 청각이 차단됐다.

어깨와 등과 허리가 뭔가에 짓눌린 것 같았다. 어느새 대피소가 눈앞에 다가와 있었다.

단숨에 그곳으로 뛰어들었다.

빛이 차단되고, 풍압과 함께 등 뒤로 열차가 달려들었다.

그 순간, 눈앞으로 날아든 사람이 있었다.

뒤를 돌아보자 눈앞으로 전차 바퀴 몇 개가 통과해갔다.

잠시 후 속도가 늦춰지고 차바퀴가 멈췄다.

살았다. 어쨌든 살았다.

플랫폼 위에서는 띄엄띄엄 떨어져 있던 역무원들이 무슨 말을 주고받있다.

내 시야는 커다란 차바퀴로 가로막혔다. 선로와 맞물리는 부분이 날붙이처럼 요염하게 빛을 발했다.

꽤 긴 시간 동안 그것을 뚫어져라 쳐다본 것 같다.

ㅡ바쁘신 와중에 불편을 끼쳐드려 대단히 죄송합니다. 방금 상행 열차가 플랫폼 중간에서 긴급 정지했습니다. 플랫폼에서 떨어진 승객이 무사한지 확인하고 있으니, 잠시만 기다려주십시오.

승객이 무사한지 확인한다? 내 얘기다. 얼굴에서 불길이 솟구칠 것 같았다.

"괜찮아, 그쪽 잘못이 아니야."

이 남자는 스스로 뛰어내려서 나를 구해준 걸까?

10초나 20초 사이에 벌어진 일일 것이다. 그 중간에 무슨 일이 벌어졌는지 알 수가 없었다. 그제야 기억을 되짚으며 일어난 일을 머릿속으로 정리해보았다.

플랫폼을 걸어가던 나는 누군가에게 어깨를 떠밀려서 선로로 떨어졌다. 그곳으로 전철이 들어왔다. 누군가가, 아니 지금 바로 옆에 있는 사람이 재빨리 뛰어 내려와 나를 안전한 장소로 유도해주었다. 그 덕분에 나는 살았다.

그렇게 된 것 같았다.

모터인지 차바퀴인지 아니면 다른 무엇인지, 눈앞 열차의 중심부 아래는 열기를 머금고 있었다.

비를 긋고 있는 것 같다는 생각이 들었다.

내가 있는 공간에서 보면, 플랫폼은 차양처럼 위에 있고, 플랫폼과 차량 틈새로는 가느다란 빛이 비쳐 들었다.

이제 어떻게 하면 좋을지 알 수가 없었다.

"괜찮아요. 여깁니다. 무사합니다!"

같이 있던 남자가 큰 소리로 외쳤다.

플랫폼에서 박수 소리가 일었다. 그리고 여기저기로 웅성

거림이 번져가기 시작했다. 많은 사람들이 숨을 삼키고 있었던 것이다.

머리 위에서 발소리가 들렸다.

플랫폼 틈새로 얼굴이 반만 보였다.

"역무원입니다. 위험하니 그곳에서 절대로 움직이지 마세요."

무선으로 연락하는 목소리가 들렸다. 만일 열차가 움직이면 위험해서 확인하는 모양이다.

"열차가 움직일 테니, 최대한 안쪽으로 물러나서 움직이지 마세요."

머리 위에서 역무원이 거듭 주의를 주었다.

—노란 선 뒤로 물러나주십시오. 열차가 후진합니다. 후진합니다.

플랫폼의 안내방송이 들렸다.

차량 밑에서 뭔가가 교체되는 듯한 기계음이 들리고, 열차가 천천히 후진했다.

거의 한 량 정도 후진했을까. 갑자기 시야가 트이며, 반대편 플랫폼이 보였다.

부끄러웠다. 수많은 사람들이 이쪽을 보고 있었다.

"죄송합니다. 고객님, 이쪽으로 플랫폼에 올라와주세요."

어느새 플랫폼에서 사다리가 내려와 있었다.

대피소에서 선로 중앙으로 나아가자 일제히 엄청난 시선들이 쏟아졌다.

이렇게 수많은 사람들의 발목을 붙잡았나?

뭐가 뭔지 알 수는 없지만, 아무래도 엄청난 일이 벌어진 건 분명했다.

뒤를 돌아보니, 빨간 열차의 앞면이 보였다.

컸다. 막대한 중량을 느꼈다.

바로 그 순간, 온몸이 바르르 떨렸다. 무서웠다. 그 큰 물체가 나를 짓밟고 지나갈 뻔한 것이다. 뼈든 살이든, 이 열차의 중량에 비하면, 단단함에는 아무런 차이도 없겠지. 차바퀴가 지나간 부위는 1밀리미터나 2밀리미터로 짓눌리고, 그곳이 점선이 된 것처럼 몸이 찢겼겠지.

손이 떨리기 시작했다. 숨을 제대로 쉴 수가 없었다. 선로에 세게 부딪힌 다리는 마비되었다.

거의 아무것도 시야에 들어오지 않아서 시키는 대로 사다리를 올라갔다.

아마 스스로 올라갈 수가 없어서 양팔을 잡고 끌어당겨준 것 같은 기억이 난다.

누군가가 머리에 담요를 씌워줘서 나는 경찰에 체포된 용의자처럼 얼굴을 감췄다.

플랫폼에 있었던 수많은 사람들도, 몇 사람에게 이끌려서 어떤 경로로 실내에 들어가게 됐는지도 전혀 기억이 없다. 그 방까지 내 발로 걸을 수 있었나. 그것조차도 모른다.

맨 처음에는 왜 선로에 떨어졌는지도 몰랐다.

물론 뛰어내릴 생각은 전혀 없었다.

잠깐 무슨 생각에 골똘히 잠겨서 걸어갔을 뿐이다.

그런데…… 갑자기 누군가가 어깨, 아니 등일지도 모른다, 아무튼 뒤에서 강한 힘으로 떠밀었다.

그대로 어느 쪽 다리인가가 허공을 갈랐다. 그렇다. 아마도 왼쪽 다리다. 마침 점자블록 언저리를 걸어가던 중이라 오른쪽 다리에 체중이 실려 있던 참에 오른쪽 뒤에서 떠밀렸다. 휘청거리다 허둥지둥 왼쪽 다리를 딛고 몸을 지탱하려고 한 순간, 발밑에는 이미 지면이 없었다.

질문에 대답해가는 사이, 차츰 기억이 이어졌다.

처음에는 철도 회사 관계자가 내가 자살을 기도했다고 의심하는 것 같았다.

투신자살이 많다는 건 안다. 그러나 내게는 자살할 동기가 전혀 없었다.

그날은 내 배 속에 아기가 있다는 걸 안 날이다.

임신 6주째. 희망으로 가득한 말.

초음파 영상 속에 땅콩이나 누에고치 모양의 동공이 있었고, 그 속에 있는 콩알 같은 것이 내 아기라고 했다.

기뻤다.

그렇지만 아직은 너무 이르다고 하겠지. 이제 갓 스무 살이잖아. 대학은 어떻게 할래. 학비도 아르바이트로 간신히 마련하고 있는데, 대체 아기를 어떻게 키울 거니. 그렇게 말할 게 틀림없다.

일단 부모님에게 뭐라고 해야 하나, 그런 생각에 잠겨 있었다. 사귀는 상대는 알고 있다. 놀라겠지. 화낼까? 아무튼 흔쾌히 기뻐해줄 것 같지는 않았다.

그래도 나는 기뻤다.

이 아기가 크면, '네가 배 속에 있다는 걸 안 날, 엄마는 얼마나 기뻤는지 몰라'라고 말해주려고 했다. 그래서 그 기쁨을 잊지 않도록 그날 하루 곰곰이 음미하리라 마음먹었다.

비교할 바 없는 인생의 일대사를 조우한 날이라 한없이 들떠 있었다.

차라리 하늘로 날아올랐으면 좋을 텐데, 넋을 놓고 멍하니 걷다 보니 살짝 떠밀렸는데도 선로를 향해 다이빙하는 지경에 처하고 말았다. 분명 그랬을 것이다. 그 한 시간 동안 자기에게 일어난 일을 그렇게 납득할 수밖에 없었다.

"등을 부딪친 남자를 목격한 사람이 있습니다."

조사 도중에 들어온 담당자의 그 말 덕분에 최종적으로 나의 자살 혐의는 풀렸다.

"일부러 나한테 부딪쳤다는 건가요?"

"사건인지 사고인지, 그건 아직 알 수 없습니다."

살인미수에 해당할지도 모른다. 방범 카메라에도 분명히 찍혔을 테니 나중에 경찰에 연락하겠다. 며칠 안에 경찰이 당신에게 연락할 것이다. 그렇게 설명했다.

어떻게든 범인을 꼭 찾아주세요. 그런 말을 해야 할 것 같은 생각이 머리의 반 정도를 차지하는데도 자기가 끔찍한 범죄 피해를 당할 뻔했다는 실감이 결정적으로 부족했다.

그 정도로 사건 전의 나는 멍한 상태였고, 선로에 떨어지고도 무슨 일이 일어났는지 잘 몰랐다. 위험한 상황이라고 알아챘을 때는 구해준 사람이 위에서 내려왔고, 상황도 잘 모르는 나를 안전한 곳으로 밀어주었다.

간발의 차이로 나는 전철에 치일 뻔한 상황에서 구조되어 플랫폼으로 끌어올려졌고, 그리고 그 취조실 같은 회의실에 있었다.

한 시간가량 이런저런 질문에 대답한 후에야 간신히 해방되었다.

"폐가 너무 많았습니다. 여러모로 감사했습니다."

내가 피해자인데 왜 사과하는 걸까 생각하면서도 고개를 숙였다.

비상벨이 울리고 열차가 긴급 정지하는 소동이 있었던 것은 분명하고, 그것이 철도 회사 탓인지 내 탓인지는 잘 모르겠지만, 나의 뭔가가 '범죄'를 불러들였을지 모른다는 생각도 들었다.

"저를 도와주신 분은 어디 계시죠?"

목숨을 걸고 나를 구해준 사람에게 아무 말도 못했다.

"한참 전에 가셨습니다."

"가셨다고요? 그럴 리가······."

충격이었다. 철도 회사 사람에게 상황을 설명할 게 아니라, 감사 인사부터 먼저 해야 했다.

"그럼, 이름과 연락처를 알려주시겠어요?"

"죄송합니다. 본인이 비밀로 해달라고 부탁하셔서."

"저한테도 말하지 말라고요?"

"아, 네."

"철도 회사에는 말했죠."

"처음에는 우리 쪽에도 이름을 밝히고 싶지 않다고 하셨는데, 선로에 사람이 떨어진 경우, 확실한 보고서를 작성해야 해서 성함과 주소가 꼭 필요하다고 말씀드려서 간신히 양해를 구했습니다."

큰일이다.

나는 여전히 여우에 홀린 기분이었다. 적어도 나보다는 냉정했던 사람에게 일대 사건의 진상을 알려달라고 하고 싶었고, 물론 목숨을 구해준 데 대한 감사 인사도 확실하게 해야 했다.

"생명의 은인이니 어떻게든 감사 인사를 드리는 게 도리라고 생각해요. 그러니……."

"말씀은 이해합니다만, 우리로서는 어쩔 수가 없군요."

"그럴 수가……."

"본인에게는 절대 밝히지 말라고 그분이 강력하게 희망하

셔서 히로타 씨의 요망에는 응해드릴 수가 없습니다. 심정은
충분히 이해합니다. 이해하지만, 이 점은 부디 양해해주시기
바랍니다."

"알겠습니다."

그렇게 대답할 수밖에 없을 것 같았다.

왠지 모든 것이 내 의지가 아니라, 느닷없이 들이닥친 상
황에 휘둘리며 끌려갔다.

핀볼 머신에 던져진 구슬처럼 내 힘으로는 어쩌지도 못한
채, 저쪽에서 튀고 이쪽에서 튀어서 자연스럽게 안정된 자리
에 정착하지 못하고 이리저리 어지럽게 튕겨질 뿐이었다.

"별걸 다 묻는다고 생각하실지 모르겠지만, 저를 구해준
남성은 어떤 분이셨나요?"

"어떤 분이냐고 물으시면?"

"저는 제정신이 아니라서 얼굴도 옷차림도 전혀 기억나질
않아요."

"아아, 역시. 큰 충격을 받았을 때는 그런 일이 자주 있는
것 같더군요."

그런 걸까.

"으음, 키는 180이거나 조금 안 되는 정도. 머리는 살짝 긴

편이고, 으음 또 안경은 안 썼고. 마른 편인데, 어깨는 보통 사람보다 조금 넓은 편이라고 해야 할까요."

몽타주를 만들 때, 이런 대화를 하는 걸까.

그런데 나는 그 말 한마디 한마디로 그 사람의 모습을 그려보려 애써도 머릿속에 아무런 이미지도 떠오르지 않았다.

과연 나는 그 사람을 잠깐이라도 봤을까? 그런 생각까지 들었다.

수십 초간의 기억이 사라졌다. 아니면 그 기간에 들어오려 했던 정보가 차단당해 내 뇌에는 도달하지 못했다.

'괜찮아요. 여깁니다. 무사합니다!'

그 사람의 외침 소리만 귀에 남았다.

그래서 '아아, 무사하구나'라는 생각이 먼저 들었고, 그제야 그 직전까지 위험한 상태였다는 걸 알았다. 순서가 그랬다.

그대로 열차에 치여 죽었다면, 두렵지도 아프지도 않았을 것 같은 기분이 든다.

그렇지만 난 죽고 싶지 않다.

"딱 한 가지, 특징적인 차림을 하고 계셨습니다."

한동안 내가 침묵하고 있자 담당자가 살짝 곤혹스러운 표정을 지었다.

"특징적…… 이라고요?"

"치마를 입고 계셨어요."

"……?"

잘못 들은 줄 알았다. 그게 아니면, 철도 관련 전문용어나 뭘 거라고.

"남성이었다고 하셨죠?"

"네. 남성입니다. 복사뼈까지 내려오는 긴 치마를."

이름도 모르는, 치마를 입은 남성이 내 목숨을 구해주었다. 그 덕분에 뜻밖에 무겁게 내리누르는 짐을 지게 되었다.

평범하게 연락처를 알 수만 있었다면, 편지를 보내거나 도라야(일본의 전통과자 제조업체 – 옮긴이)의 양갱을 들고 찾아가 '지난번에는 정말 감사했습니다'라고 인사하면, 분명 그것으로 끝났을 텐데.

자기 몸 안에 또 다른 생명 하나가 깃들어 있다는 사실을 아는 경험도 인생에서 몇 번씩 일어나는 일은 아니다.

하필이면 그런 특별한 날에 떠밀려서 플랫폼 밑으로 떨어진 것만으로도 '인생, 무슨 일이 일어날지 모른다'는 충분히 엉뚱한 상황을 조우했다 했는데, 엎친 데 덮친 격으로 어디선가 별안간 나타나 목숨을 구해주고 이름과 연락처도 안 밝히고 사라지다니. 텔레비전에 나오는 영웅 이야기의 주인공 같은 사람이 나타났으니, 그 경험이 너무나 특별해서 단순히 '그날 있었던 일'로는 끝낼 수 없게 되어버렸다.

게다가 남자인데 치마를 입었다는 '수수께끼'까지 남겨놓았다.

나는 어떻게 했어야 할까?

모든 걸 잊고, 다음 날부터 아무 일도 없었다는 듯이 살았으면 된다.

그때는 그저 사태를 제대로 이해하지 못한 채, 철도 회사 회의실에서 묻는 대로 상황을 설명했다. 그 후 시간이 지날수록 간발의 차이로 목숨을 잃을 뻔했다는 의식이 싹트기 시작했고, 그것이 퍼지며 머릿속을 가득 채웠다.

그날 이후로 단지 어제의 연속된 삶이 아니라, 위험한 지역에서 돌아온 '생환자'가 되었다. 나뿐만 아니라, 나의 배 속에 있던 겐이치도 마찬가지다. 그 아이도 내가 그대로 전철에 치였다면, 이 세상에 태어날 수 없었다.

죽을 뻔했다 구원받은 생명이라고 생각하자 사랑스러움이 몇 배나 더했다.

아이가 생긴 계기로 사귀고 있던 남자친구와 나는 혼인신
고를 했다.

가까스로 둘 다 대학을 졸업했지만, 만 한 살짜리 아기가
있는 나의 취업 활동은 잘 풀리지 않았다. 남편은 정규직 사
원이 되었고, 나는 집에서 아이를 키우는 생활이 시작되었다.

겐이치가 초등학교에 들어간 지 얼마 안 돼서 둘의 사랑이
식었다는 느낌을 받기 시작했다. 누구의 잘못도 아니다. 여
러 가지 계기로 사랑이 식어간 것이다. 그래도 연애와는 다
른 감정으로 행복한 가정을 꾸릴 수도 있겠지만, 우리는 그
러지 못했다.

외도나 실직 같은 큰 사건이 없는데도 결혼 생활을 해나가
는 데는 시간과 수고가 들었다. 우리는 1년 가까이 의논했다.

남편이 겐이치가 대학을 졸업할 때까지 매달 양육비 2만
엔을 보내기로 약속하고 이혼했다. 2만 엔은 너무 적었지만,
그가 새로운 결혼 생활을 시작할 때 부담이 안 되는 금액, 경
우에 따라서는 양육비 지급을 숨길 수 있을 만한 금액이라야
계속 송금될 거라고 생각했다.

"이제부터는 아빠랑 따로 살 거야."

"난 전혀 상관없어."

겐이치가 망설임 없이 대답하자 남편이 가여웠다.

학창 시절 그는 육아를 위해 아르바이트에만 몰두하며 보냈다. 대학을 졸업한 해에 취직한 후로도 세 사람의 생활비를 벌기 위해 자진해서 잔업을 했다. 그러나 아이에게 집에 없는 아빠는 가치가 없었던 것이다.

엄마는 강하지만, 벌이는 시원찮았다. 시급은 나쁜데 오랜 시간 일할 수밖에 없다. 한부모 가정이 되자 나는 아빠 이상으로 집을 많이 비웠다.

늘 일거리를 찾아다녔다. 조금이라도 높은 시급으로 고용해주는 자리를 구하고 싶었다.

그런 시기에 이 역 매점의 계약직 모집 광고가 눈에 들어온 것이다.

순간적으로 이 역의 부름을 받았다는 생각이 들었다.

몇 년 동안 가슴 깊이 묻어두었던 것이 모습을 드러내며, 어쩌면 이 역에서 일하게 될지 모른다고 속삭였다.

이 역에서 매일 일하면, 어쩌면 나를 도와준 사람을 만날 수 있을지도 모른다. 그런 생각이 들었던 것이다.

이미 여러 해가 지났다. 그 사람이 지금도 이 역을 이용할지 어떨지 모른다. 애당초 그때도 빈번하게 이 역을 이용한

게 아니고, 어쩌다 우연히 지나다가 나의 추락 사고를 조우했을 뿐인지도 모른다. 이름도 직업도 모른다. 단 한 번, 몇 분간, 같이 있었다. 얼굴도 전혀 기억나지 않는다. 유일하게 외모로 구별할 수 있는 정보는 치마를 입고 있었다는 것뿐이다.

99.99퍼센트 무리다. 가능성은 그토록 희박하고, 만날 리가 없다. 그건 안다. 그러나 가능성은 있다. 아니, 만날 리가 없다. 만나게 될지도 모른다는 기대가 일을 지속하는 격려가 된다면 그것으로 족하다.

억지로 이유를 만들었다. 스스로도 그렇게 생각한다. 그런데도 왠지 이 역이 나를 부르고 있다, 어쨌든 그런 기분이 들었다.

"괜찮을 것 같은데."

아들에게 말하자 겐이치도 그렇게 대답했다.

"태어나기도 전에 죽었을지 모르는데, 그 역에서 구원받았다며. 그 역에서 새 생명을 받은 거잖아."

제법 어른스러운 말을……

눈물이 살짝 그렁거렸다. 자기가 한 말의 의미를 아들 스스로 진정으로 이해하고 있는 것 같지는 않았다. 내가 이따금 몇 번이나 얘기해서 들었던 말을 그대로 기억했다 되풀이

할 뿐이겠지. 그런 아들에게 얘기한 것도 단지 자기 자신을 납득시키기 위해서였는데, 뜻밖에도 아들이 흔쾌히 등을 밀어줘서 기뻤다.

바랐던 대로 역 매점의 판매원으로 채용되었다.

연수를 받는 중에 근무지는 어디가 될지 모른다고 해서 살짝 실망했는데, 그때는 '어차피 그 사람을 만날 가능성은 거의 제로니까'라며 오히려 스스로를 위로했다. 이혼한 30대 여자는 그렇게 자기 자신을 긍정하며 세상을 살아내는 것이다.

수입은 별로 늘어나지 않았지만, 이리저리 파트타임을 몇 개씩 뛸 때보다 저녁에 집에 있는 시간이 늘어났다. 다른 무엇보다 정신적으로 편해졌다.

"공부 열심히 해. 우리는 국립이나 공립대학밖에 못 보낼 형편이니까."

학원에 보낼 여유는 없었지만, 그 대신 밤에 공부를 봐줄 수 있었다. 그 역이 불러줘서 생활이 이렇게 안정되었다. 그렇게 받아들이기로 했다.

"엄마는 쓸데없이 긍정적이야."

어느덧 겐이치가 초등학생 주제에 고등학생처럼 시건방진 말을 내뱉게 되었다.

그런 겐이치도 지금은 로봇을 개발하는 엔지니어다. 나에게도 좋은 시절이 온 것이다.

오후 3시가 넘으면, 겨울 햇살이 가게를 직격하며 쏟아져 내린다.

시간대에 따라서는 앞에 진열해둔 주간지 표지가 햇빛을 반사해서 가게 쪽에서는 보기 힘들다.

손님 발길이 뜸해지는 시간이기도 하고, 석간이 마침 도착해서 밖으로 나가 가게 앞에 진열된 상품들을 정돈하기로 했다.

나는 이 시간대에 하는 작업이 좋다.

매점 뒤에 배달된 석간의 끈을 풀고, 팔다 남은 조간을 다 정리해서 교체한다. 둥글게 통 모양으로 말았다 살짝 엇갈려 놓으면, 손님이 한 부씩 집어가기 쉽다.

잡지는 교체해야 하는 것과 아닌 것이 있다. 밖에서 매장 전체를 훑어보면, 안에서는 안 보이는 흐트러진 진열이나 균형이 안 맞는 재고가 잘 보인다.

"얼마예요?"

그 목소리는 나카노 씨였다. 여성용 패션 잡지의 아트 특집호를 손에 들고 있었다.

"아 네, 480엔입니다."

"이제 곧 이 가게가 없어지네요."

어제부터 폐점을 알리는 안내문을 붙여두었다.

500엔짜리 동전을 받으면서 거스름돈 20엔을 준비했다.

"스크린도어가 생겨서요."

"스크린도어가 생긴다니 정말 잘됐군요. 이젠 선로에 떨어지는 사람이 없어질 테니. 그런데 스크린도어랑 매점이 무슨 관계가 있죠?"

"스크린도어가 생기면 통행할 수 있는 공간이 좁아져서 매점이 통행에 방해가 돼요. 이 매점은 다른 역보다 조금 크잖아요? 바로 이쯤에 점자블록을 만들어야 한대요."

그렇게 말하며 손으로 점자블록이 늘어설 지점을 가리키는 순간이었다.

심장이 멎는 줄 알았다.

입을 크게 벌린 채, 숨을 쉴 수가 없었다.

'바로 이쯤에'라며 팔을 든 앞쪽으로 나카노 씨의 검은 구두가 보였다.

그리고 거기에서 위로 이어지는 부분이 롱스커트로 덮여

있었다.

빈가타(오키나와를 대표하는 전통적 염색 기법 중 하나 - 옮긴이) 염색.
멋진 치맛자락 무늬.

"왜 그래요?"

입을 벌린 채 어깨를 크게 들썩이며 숨을 쉬는 내 상태를
알아챈 나카노 씨가 가까이 다가왔다.

마른 체격. 그러나 어깨는 넓다. 키는 180센티미터 정도. 머
리는 남성치고는 살짝 긴 편. 흰머리가 섞여 있었다. 나이는
아마 나보다 몇 살쯤 연상. 예순 살 정도. 회사원으로 보이지
는 않는다. 정체를 알 수 없는 분위기는 예술가처럼 보인다.

"괜찮아요? 잠깐 실례."

나카노 씨가 내 손을 잡고 손목의 맥박을 재기 시작했다.

"맥박이 너무 빨라요. 호흡도 거칠고. 빨리 의사를 불러야
겠어요. 일단 역무원부터 데려올게요."

"잠깐!"

막 걸음을 내딛으려던 나카노 씨가 돌아보았다.

"괜찮아요. 여깁니다. 무사합니다!"

"???"

나카노 씨는 의미를 알 수 없다는 듯이 눈을 가늘게 떴다.

"괜찮아요. 여깁니다. 무사합니다!"

"왜 그래요?"

"당신이 했던 말이에요. 33년 전, 이 역에서 당신이 했던 말이에요."

"33년 전에……."

이번에는 나카노 씨의 입이 벌어진 채 다물어지지 않았다. 시선이 허공을 이리저리 헤맸다. 지금 자기 앞에서 무슨 일이 벌어졌는지 이해하려 애썼다.

그 모습을 보니, 감정이 북받쳐 올랐다.

"다행이에요. 이젠 다신 못 만날 줄 알았어요.

안 그래요? 어떤 사람인지, 이름도 사는 곳도 얼굴도 몰랐으니까. 그래도 계속, 많이 기대하진 않았지만, 그래도 계속 혹시나 하며 살았어요.

제가 도움을 받은 건 스무 살 때였어요. 그 후로 시간이 흘러서 스물여덟 살 때부터 여기에 있었죠.

지금까지 쭉…….

월요일부터 금요일까지 매일이요.

거의 모르는 사람을, 여기에서라면 이 역에서라면 만날 수 있을지 모른다며 줄곧 기다렸어요. 찾았어요.

큰 기대는 하지 않았지만……."

숨을 크게 몰아쉬었다. 나카노 씨는 조용히 이야기를 듣고 있었다.

"그렇잖아요, 너무 몰랐으니까. 고작 몇 분만 옆에 있었고, 그 모습도 아마 몇십 초밖에 못 봤을 테니, 알 도리가 없잖아요.

그런데 이름도 주소도 안 밝히고 사라져버렸어요.

기억나는 건 목소리뿐이었어요.

'괜찮아요. 여깁니다. 무사합니다!'

머릿속에서 그 목소리를 수없이, 아니 분명 몇천 번인지 몇만 번인지 알 수 없지만, 헤아릴 수 없을 만큼 되풀이했죠.

그렇지만 딱 한 번 들은 목소리를 기억할 자신이 전혀 없어서 그 목소리를 들어도 어차피 못 알아챈다, 아니 애당초 여기 올 리가 없다, 절대 못 만날 줄 알았는데, 그래도 계속 매일같이 여기 있었어요.

역시 목소리는 기억하지 못했네요.

지금에야 알았어요.

몇 년 전부터 만났다는 걸.

매일같이 '쇼트호프'라면서 담배를 사주셨죠.

가끔은 '미안해요, 만 엔짜리밖에 없어서'라고 미안해하듯 말씀하셨어요.

'230엔, 여기 둘게요'라고도 하고.

그 목소리, 몇 번이나 들었는데, 전혀 몰랐어요.

33년 전에 딱 한 번 들었으니, 당신 목소리라는 걸 알 수가 없었죠.

무리였죠.

그렇잖아요, 당신이 치마를 입은 건 가게 안에서는 안 보이니까.

당신은 늘 옆에서, 뒤에서 오니까 알 수가 없죠.

무리죠. 치마 입은 걸 몰랐어요.

당신이 당신이란 걸 알 수 있는 유일한 실마리가 그거였는데, 보이질 않잖아요.

그토록 만나고 싶었던 당신을 몇백 번이나 만났는데도 전혀 몰랐어요.

그렇지만 다행이에요. 정말 다행이에요.

내일모레면 이 매점이 문을 닫으니까, 그러면 이제 당신을 기다릴 장소가 사라져버릴 상황이었어요.

늦지 않았네요.

33년 전, 선로에 떨어진 저를 구해주셔서 감사합니다."

그 말을 입 밖에 낸 순간, 안도의 눈물이 주르륵 흘러내렸다.

"그때 제 배 속에 있던 아들도 훌륭하게 자랐어요.

지금은 로봇을 개발하고 있어요. 몇 년쯤 지나면, 더 작은 매장에서 더 많은 물건을 재빨리 팔아치우는 판매원 로봇이 어느 역에 등장할지도 몰라요."

얼굴은 이미 눈물범벅이었다.

고개를 깊이 숙였다.

박수를 치는 사람이 있었다.

정신을 차려보니 많은 사람들에게 둘러싸여 있었다.

화려한 무늬의 롱스커트를 입은 남자 앞에서 엉엉 울어대는 제복 차림의 매점 판매원을 사람들이 에워싸고 있었다.

띄엄띄엄 치는 박수였지만, 따뜻한 박수라는 생각이 들었다.

"아아, 다행이에요."

긴장됐던 뭔가가 풀렸다.

"고맙습니다. 늘 구매하러 와주셔서 감사합니다. 정말 다행이에요."

다시 한 번 고개를 숙였다.

"죄송합니다."

나카노 씨가 머리를 숙였다.

"그때 내가 이름과 연락처를 철도 회사를 통해 밝혔으면 좋았을 걸. 그랬으면 당신이 33년이나 날 찾진 않았을 텐데. 정말 면목이 없습니다.

당신을 도왔을 때는 이 역 근처에 있는 예술학교의 학생이었어요. 3년 전부터는 내가 그곳에서 가르치고 있습니다.

그 무렵에는 스스로에게 자신감이 없었고, 부끄러웠죠. 치마를 입고 다니는 주제에 이상한 녀석으로 바라보는 남들 시선에 익숙지 않았으니까. 어중간한 짓을 저지르고 말았습니다."

플랫폼에 안내방송이 나왔다.

열차가 들어와서 주위를 에워싸고 있던 사람들의 고리가 끊어졌다.

내가 양손을 내밀자 그 사람도 손을 내밀어주었다. 서로 손을 부여잡는 것만으로는 부족해서 포옹을 했다.

예전에 이 팔이 내 목숨을 구해준 것이다.

문이 열리고, 새롭게 사람들이 뿜어져 나왔다.

"실례하겠습니다."

서로 살며시 손을 흔들며 헤어졌다.

어머, 큰일 났네. 가게는 내팽개쳐뒀어!

허둥지둥 가게를 돌아봤다. 어느새 사토코 씨가 들어가서 씩씩하게 손님을 응대하고 있었다. 눈이 마주치자 사토코 씨가 입 모양으로 '화·장·실'이라고 말했다.

서두르지 않으면 휴식 시간이 끝나버린다. 화장도 고쳐야 할 테고.

화장실을 향해 걸음을 내디뎠다.

어느새 플랫폼에는 분필 선이 그어져 있었다. 이제 곧 이 선이 그려진 곳에 가로막이 쳐지고 스크린도어가 만들어진다.

내가 매점에서 일하는 동안, 인사사고가 몇 번이나 발생했지만, 이제 이 역에서는 두 번 다시 선로에 떨어지는 사람은 없을 것이다.

한 손에 화장품 파우치를 들고, 나는 눈물에 흐릿해진 노란색 분필 선을 따라 걸었다.

오늘도 변함없이 전철은 달리고, 하루의 끝자락은 막차로 마무리된다. 양복 차림의 직장인, 학생, 술 냄새 풍기는 아저씨, 가난한 예술가, 여고생, 조직폭력배, 지팡이 든 시각장애인, 아기 엄마, 향수 냄새 풀풀 풍기는 마담, 사랑이 불타오르는 커플, 표정이 어두운 남자……. 다채롭기 이를 데 없는 인생이지만, 그 공간에서만큼은 개성을 죽이고, 사람 형상을 한 물체처럼 그저 조용히 처박혀서 실려 간다. 누구나 엇비슷한 부피를 차지하는 '승객'일 뿐이다. 그런데 이 작품은 평소 개성이 숨을 죽이는 그 공간이 불시에 멈춰버리는 돌발 상황에서 개개인의 특수한 사정에 초점을 맞춘다.

2017년 2월, 문고본 초판으로 발매된 『막차의 신』은 서서히 감동의 물결이 퍼져가며 입소문만으로 40만 부가 판매되었다. JR 동일본 서점 체인인 북 익스프레스Book Express의 서점 직원들이 뽑은 '에키나카 서점 대상'을 수상하기도 했다. 만원 전철에서 치한을 만난 베일에 싸인 여성(「파우치」), 납기 마감에 쫓기는 와중에 휴가를 명령받은 벤처기업의 엔지니어(「브레이크 포인트」), 근육질 경륜선수와의 엇갈린 사랑에 고민하는 전문직 여성(「운동 바보」), 이발사 외길 인생을 걸어온 아버지의 임종을 코앞에 둔 아들(「오므려지지 않는 가위」), 콩트 작가 여장 남자의 충격적인 과거를 듣는 젊은 연인(「고가 밑의 디쓰코」), 자기의 충동적인 실수를 오해해서 등교 거부를 하게 된 소년을 몹시 걱정하는 인간 혐오증 성향의 여고생(「빨간 물감」), 생명을 구해준 은인을 만나기 위해 25년간 역 매점에서 일한 중년 여성(「스크린도어」). 총 일곱 개의 단편으로 구성된 이 책은 도시에서 부대끼며 살아가는 현대인들의 변변찮지만 소중한 인생의 한순간을 탁월하게 포착해냈다.

　역이 아닌 애매한 위치에서 덜컹 멈춰 선 전철은 평온한 일상 속의 비일상의 습격인 셈이다. 그런데 공통된 비상사태와 동일한 공간 속에서도 승객들 저마다의 당혹감과 속사정은 헤아릴 수 없을 만큼 다양하다. 그저 귀가 시간만 조금 늦어지는 사람, 시간이 어긋나면서 뜻밖의 만남을 갖게 되는 사람, 아주 중요한 약속이 있는 사람, 서둘러 병원으로 향하는 사람…… 공교롭게도 같은 이동 수단을 선택했을 뿐, 제각기 다른 목적을 가진 소우주들이 공존하는 것이다.

또한 한 개인도 자기가 처한 상황에 따라 느끼는 방식이 달라진다. 약속한 장소에 제시간에 못 가서 안달할 때가 있는가 하면, 별다른 예정이 없으면 '뭐, 흔한 일이니까'라며 의외로 냉정하게 받아들이기도 한다. 그러니 콩나물시루처럼 빽빽하게 들어찬 승객들의 속내야 새삼 거론할 필요도 없을 것이다. 그런데 이렇듯 강제된 밀실, 불확실한 전망, 막차라는 한정된 시간 속에서 인간은 오히려 내면의 틀을 확장시키고 깊이를 더해가는 게 아이러니하다. 그동안 허투루 지나쳤던 선로 변 풍경, 시간의 속도, 시시하면서도 자극적인 광고 문구, 억제된 타인의 숨결을 통해 상상의 나래를 펼치는 계기를 얻는다. 유명한 베스트셀러 제목처럼 '멈추면, 비로소 보이는 것들'을 생생하게 체감하는 것이다.

『막차의 신』의 작가 아가와 다이주는 이 작품에서 세상 사람들에게는 '유별나게' 보이는 사람도 특수하게 다루지 않고 평범하게 묘사하는 자세를 철저하게 견지했다고 한다. 그리고 '생각만 하고 실현하지 못하는 것'을 이야기라는 형태로 만들어서 독자에게 희망을 주고, 더 많은 선택지가 있음을 알려주는 것이야말로 소설가가 할 일이라고 했다.

이 책을 읽은 후에는 전철에서 아무 생각 없이 스마트폰이나 들여다보던 우리도 옆 사람이나 맞은편에 앉은 사람을 보며 '저 사람은 몇 살이고, 어떤 가정에서 살고, 어떤 일을 하고, 왜 이 전철을 탔을까', '오늘은 그나 그녀에게 어떤 날이었을까' 하고 상상해보게 될지도 모르겠다. 세상을 찬찬히 들여다보는 그런 소설가적 기질이, 습관처럼 굳어버린 일상을 좀 더 유연하고 풍요롭게 즐길 수 있는 실마리가 되길 바란다.

막차의 신

초판 1쇄 발행 | 2018년 12월 17일
초판 3쇄 발행 | 2019년 5월 16일

지은이 | 아가와 다이주
옮긴이 | 이영미
펴낸이 | 박남숙

펴낸곳 | 소소의책
출판등록 | 2017년 5월 10일 제2017-000117호
주소 | 03961 서울특별시 마포구 방울내로9길 24 301호(망원동)
전화 | 02-324-7488
팩스 | 02-324-7489
이메일 | sosopub@sosokorea.com

ISBN 979-11-88941-13-1 03830
책값은 뒤표지에 있습니다.

이 도서의 국립중앙도서관 출판예정도서목록(CIP)은 서지정보유통지원시스템 홈페이지(http://seoji.nl.go.kr)와
국가자료공동목록시스템(http://www.nl.go.kr/kolisnet)에서 이용하실 수 있습니다. (CIP제어번호 : CIP2018038393)